# 放逐與王國

## 卡繆短篇小說

# ALBERT

L'EXIL ET LE ROYAUME

# CAMUS

# 捕捉卡繆文章中的脈動、連結與豐富性

阮若缺

卡繆（1913-1960）一生大半時間，在一個戰亂的年代中度過，於法國前殖民地北非阿爾及利亞長大成人，後赴法國深造及工作。一邊是家鄉，一邊是祖國，造就了他人生的豐富性與多元性。然而二元對立的社會氛圍，經常要人們選邊站，卡繆拒絕選擇，表面上他保持沉默，但並非意味沒有意見，《放逐與王國》裡六個短篇故事，正發抒了作者對人道主義的關懷與憂慮。他採取六種不同的敘事技巧，呈現共同主題：流放（l'exil）。其筆觸清晰簡明，容易切入，但寓意深長。

首先，〈行淫的女人〉基本上是個假議題，隨夫前往阿爾及利亞南方經商的家甯，本是被動的流放者；一名女子在幾乎只有男人的異域行旅中，顯得突兀、不自在，而一個法國士兵的眼神和黃色小盒的一顆糖，在當下就如同荒漠中的甘泉。夜晚她短暫的「出走」，與星空為伍，終於悟出離散與歸來的幸福感。

〈叛教者，或神志錯亂〉描寫的是個狂熱的傳教士，自願前往偏遠地區，散播基督思想。然而於阿爾及利亞南邊遭到逮捕，並割去舌頭（噤聲），甚至投向「撒旦」（惡）的懷抱，殺了後到的傳教士。最後他承認錯誤，再度回歸主耶穌。

〈無聲的人們〉講的是一群罷工失敗的木桶工人，無奈返回工作崗位，面對原先苛待他們的老闆。這些人只能忍氣吞聲，為五斗米折腰，內心從怨到怒，進而產生恨意。離開或過勞致死，便是他們的宿命。因此，這群沉默的受害者，在聽聞老闆小女兒突然生病緊急就醫之際，僅只冷眼以對，保持緘默。

〈主／客〉（L'hôte）這個字在法文裡頗有趣：既是主人，又是客人之意。

故事是講述警察押解一名犯人至家居阿爾及利亞偏遠山區的法國小學教師處，硬要他服從命令，次日完成押送罪犯到上級指定地點；這種主客易位的情境著實尷尬。離群索居的老師，無端捲入這宗事件，他一方面厭惡這個阿拉伯人的犯行，一方面道德上不願執行類劊子手的任務，最後他讓犯人決定逃亡或自行前往，然而此人選擇了後者……

〈約拿，或工作中的藝術家〉是六個故事中唯一發生地點在大城市（巴黎）。具天賦的畫家約拿不費吹灰之力一舉成名，又有賢內助、兒女、好友相伴，理應是幸福的人生勝利組。然而受盛名之累，再加上不知取捨、拒絕，造成不堪的後果。他的畫室（王國），由寬敞的客廳（可接待客人），移到較小的房間（專心作畫），後來待在主臥室（不受干擾），最後只好躲到閣樓（自我放逐）……這位江郎才盡的畫家已無路可退，精神狀態也出現問題，最終一幅畫，僅僅刻了模糊不清的字：「踽踽獨行」（solitaire）或「與人同行」（solidaire）。

最後一篇〈萌生的磐石〉敘述的是前往巴西造橋的法國工程師達哈斯特被

原民文化吸引的故事。身分本是外地人，與當地宰制階級來往應是再普通不過的事了。後來他遇上了個大廚，一般要工作、得受苦的市井小民，領著他漸漸認識了另一個世界。一天，於宗教遊行儀式上，平民信徒扛著巨石到教堂，結果不支倒地，達哈斯特立即從貴賓席一躍而下，繼續完成任務。他以人道精神為出發點，通過了這項考驗，因而被認可為「自己人」。

這六篇故事中的放逐，不單是地理上的，也是精神上的：家甯尋找的是荒漠綠洲，幸福的本質；傳教士在異域遭割舌後遠離、背叛他的主；木桶工人集體反抗，他們的緘默便是一種背離；小學老師達穆甘於離群索居，卻遭人闖入他的寧靜王國；而畫家約拿，則因不知拒絕客人入侵他的私領域，選擇了自我放逐；工程師達哈斯特，則由外人，成了遠離權貴加入平民的一員，獲得新生。

而這些人物的王國呢？家甯發現，沙漠就是石塊的王國，大地宇宙有它的規律；傳教士認為自己是他「王國的囚犯」；木桶工人雖受辱仍堅守自己的地盤；達穆在送走犯人後，暫回自己的「王國」；至於約拿，他既創造了一個王國，也同時自我放逐；達哈斯特則選擇加入另一個新的國度。

我們從中不難捕捉到卡繆文章中的脈動、連結與豐富性，也明白他的人道主義和博愛胸懷。作者於四十四歲壯年時期即獲得諾貝爾文學獎殊榮，為此獎有史以來最年輕的得主。一般而言，它是頒發給作家的一種終身成就肯定，對某人的一生評價。這真是個悲劇性的錯誤，三年後卡繆竟因車禍意外身亡，人生本不該劃下句點的，卻戛然而止。其實，他的作品還有許多值得大家探討的議題。

本文作者為政大歐文系教授兼外語學院院長

導讀

# 王國是放逐，放逐是王國

徐佳華

出版於一九五七年的《放逐與王國》（*L'Exil et le royaume*）是法國作家阿爾貝．卡繆（Albert Camus, 1913-1960）於同年年底獲頒諾貝爾文學獎前的最新一部文學作品，也是他生前出版的最後一部小說類作品。很快地，隔年年初，《放逐與王國》中的〈主／客〉（時譯〈客人〉）與小說《異鄉人》（*L'Etranger*）幾乎同時有了中文譯本，成為卡繆最早被引介到臺灣的作品，是臺灣讀者認識卡繆的濫觴。

《放逐與王國》成書於一九五二至五六年間。對卡繆而言，這是段相當煎熬的時期：他的論述《反抗者》（*L'Homme révolté*）的出版引發了一九五二年與沙特之間的論戰，使他遭受諸多主流知識份子不留情面的攻擊；一九五四年阿爾及利亞戰爭爆發，無論武裝獨立還是軍隊鎮壓，兩造手段皆愈見極端，來自阿爾及利亞的卡繆相當痛心，但不論他默默行動或是號召停火，都被支持與反對阿爾及利亞獨立的光譜兩端同時夾攻；這時的卡繆已是當代知名作家與重要知識份子，他的名人光環使他分身乏術，失去了安靜思考與創作的必要條件；私人生活上，不僅有他自己長期的健康問題，妻子芳莘（Francine Faure）更深受憂鬱所苦，他非常自責。創作變得艱難。原本卡繆有個清楚的創作計畫：三個階段，各自圍繞一個中心主題，每個主題環環相扣，並分別展演出三種文類——一部小說、一部論文及一部劇本。繼**荒謬階段**（小說《異鄉人》、論述《薛西弗斯的神話》〔*Le Mythe de Sisyphe*〕、戲劇《誤會》〔*Le Malentendu*〕）、**反抗階段**（小說《瘟疫》〔*La Peste*〕、論述《反抗者》、戲劇《正義之士》〔*Les Justes*〕）之後應當開始的第三階段，由於真實人生種種的不可預期而進展困難。即使如此，在這段沉寂低潮的放逐歲月中，他的創作活動並未停止：他持續投入終身熱愛的戲劇，包括劇本改編及導演，並提筆書寫不包括於三個階段之內、他也未曾嘗試過的短篇小說，做為緩衝、練習與實驗，成果便是《放逐與王國》這部收錄六篇短篇小說的集子，和原應共同收錄於本書，但後來獨立成書的《墮落》（*La Chute*）。

卡繆稱這六則短篇為「關於放逐的短篇小說」。六個人物，六段故事，六個世界，每一篇的標題都是一個或一群人物（看似除了第六篇〈萌生的磐石〉外，但實不盡然，容後再述），每篇特色涇然，風格從象徵、寫實到內心獨白，地域跨越歐洲、非洲與南美洲。這是一部個人性非常強烈的作品，六個身處放逐的劇中人乍看之下皆非其作者，然而每一個卻也都是作者極私人、極內在的投射與思索。

---

第一篇〈行淫的女人〉是一個中產階級女子的故事。她的布商丈夫為求取

更多生意機會，好讓妻子的生活獲得「保障」，攜她深入阿爾及利亞南部近沙漠的地區，以便與當地阿拉伯人直接交涉。我們隨著家甯的視線，穿越嚴峻的飛沙走石，由城市進入綠洲，再登上高臺望進無垠沙漠。在這個對城市人而言幾近化外的地區，不論是趾高氣昂的男子，還是兩手空空卻灑脫無絆的游牧民族，再再突顯丈夫的平庸怯懦，和因害怕孤單而步入婚姻的自己，像那隻兀自打轉的蒼蠅，自願套上以穩定生活為名的無形枷鎖。這個即將出走的平凡女人不免令人聯想起法國文學史上著名的外遇女性包法利夫人。然而家甯的「外」遇必須在地平線的無限延展和星晨大地的陣陣脈動中實現。既昂揚亦柔軟的棕櫚樹亦像她不再有的年輕身軀，又暗示著中年婦女的情慾想像。小窗傳入的水聲，既是自由的召喚，又是真正活著的渴望。動與靜、內與外，年輕與衰老、輕巧與沉重，不拘與安定、一人的孤獨與兩人的寂寞，財物的保障與超然物外的自由、開闊的天地與半掩的門窗，那晚發生的不只是女人肉體的出軌，亦是離不開肉體的心靈意識到己身存在困境的開端，更是尋回自己與身體、身體與自然之間深刻連繫的契機。只是，一夜情之後，該往哪裡去？

如果家甯尚不敢放棄財物與婚姻的保障踏入以沙漠做為隱喻的自由，第二篇〈叛教者〉的法國年輕傳教士則義無反顧地深入沙漠，為了將其信仰傳到最荒涼之地、最野蠻之處。然而，為傳善之福音的他卻來到奉惡為圭臬的鹽城，不只遭受監禁，還被迫崇拜物神，甚至被割去舌頭。把傳教及信仰視為絕對權威的行使與崇拜的傳教士歷經了各種恐怖對待，驚覺善永無止盡，惡卻立地見效，從此受害者改奉加害者為「主」，只因加害者所實踐的惡才是絕對權威，才有絕對力量，甚至為了向新主人輸誠，主動跑去殺死新來的傳教士。〈叛教者〉刻畫的是一個白／黑、善／惡、光明／黑暗、天堂／地獄顛倒反轉的負片世界，他糊成一團的腦袋裡上演著的是是非錯亂的邏輯。這個本欲布道好消息，卻在惡與暴力前輕易低頭直至被虐待狂程度的傳教士，不只諷刺當時崇尚共產主義的左派知識份子，也是一則對卡繆所謂的「二十世紀的最大熱情：受奴役」——亦即失去對正義的堅持，只奉最大顆的拳頭和最強勢的權力為依歸——的警世寓言。

無論腦袋裡如何地喃喃不休，失去舌頭的叛教者也同時失去了語言，失去了賴以傳教、以語言說服他人的工具。地點從象徵大於現實的非洲礫漠拉到阿爾及利亞的海港城市，第三篇〈無聲的人們〉同樣失語，卻非出於對絕對權威的自願服事，而是反抗另一個權威——主宰勞動條件的資本主義市場——的唯一辦法，以及即使抗爭也無效的無奈。不同於叛教者，他們的舌頭雖然還在，卻如同被封上了嘴，撐不過數週無薪也無結果的罷工，只得結束抗爭，默然返工。這群木桶工匠就算擁有傲人技藝，面對無法妥協的老闆和日漸凋零的產業卻無技可施，剩下的只有沉默，這一點用都沒有的賭氣式的不平，和即將失去用處的工具和手藝。出身於無產階級家庭的卡繆小時候常去舅舅工作的製桶工廠（今天還能看到小卡繆與工廠工人當時的合照），對製桶工人及他們代表的社會底層人物有深切的情感，這份情義透過他的寫實手法透露出來。他非常具體地描繪工匠們的真實工作環境與情形，誠懇而不多一個贅字的節制樸實對應著這群男人的不善言詞與無奈，並將他們之間無需言語的情感表現無遺，透過文字對抗這份無聲的沉默，支持著他們的抗爭。工匠們的名字反應出阿爾及利亞社會底層的不同族裔，不論姓氏來自法國、西班牙、加泰隆尼亞、義大利或阿拉伯文，每一位都是工藝危機的直接受害者。在卡繆筆下，這群艱苦人物之間有份超越種族的同舟共濟，他們受的是一樣的苦，或者，在當時阿爾及利亞殖民社會之中，又以阿拉伯裔的薩伊德尤然。老闆女兒的不幸遭遇則將他們的不發一語帶入更加複雜的道德面向。

毅瓦爾後悔年輕時沒有到海的另一邊發展。第四篇〈主／客〉中的小學教師達穆則選擇留在家鄉阿爾及利亞，刻意來到遠離人煙的高原地區教書。寒天凍地中，憲警像牽動物般帶來了一個殺了人的阿拉伯男子。他要求小學老師隔天押解那殺人犯前往位於鄰城的執法機關。即使離群索居，達穆依舊逃不了被迫選邊站的命運：他無法接受殺人的犯行，也不願為當局背書服務，成為背叛人民的獄卒，違反他做人的道義。卡繆的作品以普世性為依歸，本作品中他對阿爾及利亞當時醞釀中的衝突背景只有間接的輕描淡寫。即使如此，他在殖民問題上既不願做迫害者、也不願被迫背離自己立場的兩難困境，在這篇作品中呼之欲出。然而不屈服於二元對立邏輯的後果，便是既不被一方了解，也不被另一方原諒。卡繆對阿爾及利亞殖民問題的關心開始得很早，早在一九三九年，當時身為記者的年輕卡繆便曾親自到卡比利亞山區採訪並撰寫了系列報導，揭發殖民政權之下當地的悲慘境況，卻不見當局任何積極作為。以教育啟發、救濟照護為職志的小學老師身分透露了卡繆人道關懷、提升教育及生活條件並對阿爾及利亞人一視同仁的立場，但這篇小說欲語還休的，也有那無法控制的現實之前無可奈何與無能為力的心情與現實。〈主／客〉不只隱藏著卡繆在阿爾及利亞戰爭爆發之前便有的憂心，標題雙重解讀的可能似亦點出了一個開放問題：誰是主，誰是客？脫下了政治、種族、文化的外衣後，主客難道不正屬於同一個生命共同體？然而在非彼即我的二元脈絡下，達穆即使身在家鄉，卻依然是那個不被理解的異鄉人。而阿拉伯人的處境與選擇，似乎也與家甯、叛教者、木桶工人的處境與選擇相互呼應……

第五篇〈約拿，或工作中的藝術家〉同樣關乎兩難選擇，也同樣無解。約拿的兩難或許比達穆的更貼近日常生活每個個體的存在困境，也是卡繆本人成名之後的存在困境。一心只想好好作畫的畫家，莫名其妙地坐享盛名後，各方請求與各種責任由四方湧入，將他有限的時間空間啃蝕殆盡。謙虛單純的畫家為了滿足他人，從此再也無法好好作畫。故事開始時敘事者充滿反諷的語氣所描繪的不只是約拿的天真，也是對當代藝文界現實無傷大雅的不置可否。隨著約拿人生故事的進展，語氣慢慢轉為同情，我們對約拿的境遇也跟著由冷眼旁觀變為擔心憐憫。他的創作（或是無創作）讓他成了囚犯，然而現代社會中，一個藝術家，或是如你我的任何人，在為他人奉獻自己與保有私密時空、得到內心平靜之間是否有平衡的可能？如果沒有，創作是否依然可能？約拿的重生之作——允許他如同聖經人物約拿般被大魚吐出黑暗，重回人間——的字跡不只是天平兩端孰重孰輕之問，兩個字實為一字所象徵的更是本質上你泥中有我、我泥中有你的一體兩面：是入世／出世、保持自我／隨波逐流，還是離開人群／擁抱人群、捨人為己／捨己為人，又或是獨善其身／禍福與共？為他人而活是否終究免不了孤獨？大多數人避之唯恐不及的孤獨，是否其實是完整個體缺之而不可活的養分？若果失去了做自己和享孤獨的可能，又是否還能保有足夠的氣力為他人而活？

第六篇〈萌生的磐石〉中有不少人物原型和事件汲取自卡繆一九四九年的南美洲之旅。當時卡繆與友人駕車前往伊瓜佩，不只參觀了當地歷史悠久的慈祥耶穌遊行，還遇到了一個曾遇海難、「有著漂亮黑鬍鬚，活像個亞述人」、在遊行中背負六十公斤重的石頭還願的男子。此外，「美好回憶」的房間、護照事件、結合多重宗教元素的降神舞蹈等，都被卡繆記錄在這段旅程的札記中。小說中，卡繆想像了一個體型沉重、腳步沉重因為內心沉重的法國男子，為了在歐洲犯下的一個幾乎置人於死的過錯而自責不已，逃避似的自我放逐到世界另一端，一個文化、地景和人民全然不同的異域。他看見了底層人民的悲慘境地，也看見不同族裔融合共生的可能。然而，如果大廚的承諾是向神許下的，達哈斯特的承諾則是對人許下。達哈斯特像是推石上山的薛西弗斯，不同的是，薛西弗斯推的是自己的石頭，達哈斯特自願從大廚身上接過來的則是他人的重擔，他立下的是對人的承諾，他無條件分擔的是對人的責任。孤獨而似成行屍走肉的他因此被當地族群接納，看見了重生的可能。個人與群體之間，荒謬與反抗到愛之間，原本不知何去何從的達哈斯特似乎回應了同樣在找尋自己立足點的約拿的大哉問。然而達哈斯特的重生絕不可能在巴黎狹小的公寓中發生，唯有在那不斷萌生的大自然之中才得以窺見一絲希望。

---

這六則短篇小說看似背景人物地點各異，卻有如賦格般貫穿各篇的共通主題與相互呼應的細節。首先是自然無處不在。水、土、火、空氣等元素，以及光影變化（視覺）、風聲雨聲河水聲（聽覺）、海與森林的氣味（嗅覺）等細膩

的感官描述遍布全書，或呈現、或呼應、甚或參與人物與情節的狀態與變化。廣袤無垠的地景和無邊無際的天空不僅映照著人物的流放，也承載著他們的鄉愁，它們代表的不單單是孤寂的致命吸引力，也召喚著每個人對自由的需要。太陽的熾熱無情和星子的幽曖清朗左右著人物的步伐，伴隨著他們的決定。大自然及地景甚至可謂眾多故事中的獨立人物，被人類感官所感知，卻非人類狀態的直接投射，反應出卡繆的自然觀。〈行淫的女人〉中隨高臺開展的陽光打開了人妻塵封已久的心門，〈叛教者〉中的烈陽聯合無名暴力與絕對權威令意志不堅的奴隸低頭，〈主／客〉裡的清晨天光陪伴著達穆暫時平靜下來的內心拉扯。而那忽遠猶近、或清晰或模糊的大海，則是年輕歲月、自由奔放或內心澄靜的象徵，若失去與大海的連繫，就如足不出戶的家甯或不忍看海的戠瓦爾，失去的不只是大海，也是對自己人生的掌握。

沉默／無聲是另一個共通主題。從第一篇到最後一篇，每個主人翁都不多言，或都不知如何表達自己。或許除了〈叛教者〉那喋喋不休的傳教士外，但別忘了他的話語早已被閹割，頂多只能發出如石頭滾動般的嘎嘎聲，正與被地獄之火烤乾的礫漠石塊聲聲呼應。他們似乎都不善言詞，時常想說什麼，卻尋不著合適的詞句。每個人似乎都被阻絕在自己的沉默之中。沉默與衍生而來的溝通困難在卡繆作品中一直都是重要主題，《異鄉人》裡不愛辯解的莫爾梭、《瘟疫》裡無法表達自己的小員工，或《誤會》裡連自己的名字都說不出口的兒子都是。沉默自始即是卡繆的寫作初衷：他曾描述他的寫作核心，來自「一位母親令人仰慕的沉默，和一個男人對得以平衡此沉默的正義或愛的追尋」。卡繆的文學書寫正是對最適當、最切合之表達方式的不斷追尋。《放逐與王國》書寫這群人的沉默，也為卡繆自己的沉默找尋出口，透過文字給予沉默存在的重量。它既是沉默之書，又以各種聲音突顯這個沉默，就像字裡行間不時傳來的遠方人聲、樹聲、水聲或動物聲，這些沉默之中才得以浮現的聲響，陪伴著、平衡著人們的沉默。

本書的體裁也透露了一些解讀的線索。有些短篇小說集以收錄數篇短篇作品於一書為目的，常以其中一篇小說的題名做為小說集的書名。《放逐與王國》不然，它並不用其中一篇做為書名，而是以一個異於各篇名稱的題目縱橫連貫起每一篇小說。除了放逐是各篇的共同主題之外，作者更依照順序陸續寫出各篇小說，之後雖有分別潤飾修改，但由此已可察見各篇之編排順序確有隱藏的意義，在方才的各篇簡述中，細心的讀者應已察覺，不僅限於情節發展和母題的重複，字句與意境層疊編織起各篇小說，值得讀者們細細探索玩味。例如〈行淫的女人〉裡那隻受困的蒼蠅或與〈無聲的人們〉裡嗡嗡叫著的飛蟲；〈行淫的女人〉起初那風吹樹梢、令家甯聯想起溫柔堅強之人生可能的水聲，與故事結尾那情何以堪的瓶裝水，和〈叛教者〉中傳教士心心念念的夜之泉等，這些尚不可得的、令人物們渴望的水流，到了〈萌生的磐石〉終成籠罩大地的濛濛氤氳、綿綿雨絲和滔滔大河，浸潤滋養著巨大的熱帶雨林。星星也是，從家甯與星辰的邂逅、得以拯救傳教士的清涼星辰，到庇護著約拿的幸運星，可能的互文無所不在，悄悄連接起相異卻又相通的命運。

最後，同樣關乎互文，便不能不強調《放逐與王國》中充滿了宗教文本與聖經人物的影子。卡繆的思想創作受到希臘神話的深刻影響較廣為人知，例如他的創作三階段便是以三個希臘神話人物——薛西弗斯、普羅米修斯和涅默西斯——做為核心。《放逐與王國》則從書名開始便套用了聖經用語。然而，如果聖經裡的王國是天主的國，而流放所指的是尤太人被迫遷往外地，卡繆則說：「我的王國就在這個世界。」卡繆對聖經人物或情境的指涉，不只運用得極其巧妙，不著痕跡，更在在將基督教文本中的世界翻轉為一個不以宗教信仰為出發、亦不以宗教信仰為依歸的當世今生。這正呼應著六篇故事中的六種在世流放，和可能的在世回歸。〈約拿〉開頭所引用的經文直接點出卡繆的約拿與聖經的約拿的連結，但是前者受的苦卻與神無關，他必須回應的，是他心愛之人的幸福。〈叛教者〉的傳教士滿口宗教用語，但是被他尊奉為主的其實是權威，這二十世紀的無神新宗教。此外，〈萌生的磐石〉亦與使徒彼得有直接關聯。法文中的彼得與石頭是同一個字，達哈斯特此一人物的刻畫亦有多所呼應彼得之處。據聖經之言，耶穌要在這塊磐石之上——透過彼得——建造他的教會。然而達哈斯特將石頭如種子般半埋入火種之處，意味的絕非構築一個以宗教信仰為基石的教會，而是由人與人之間的互助與友誼所滋養的、一個將根植於真實土地上的可能萌生的人間王國。大量宗教指涉經過反轉、挪用，成為作者將流放與王國拉回可見、可聞、可觸摸、可感知的現世困境與人間希望。

這個可能的人間王國帶我們回到了《放逐與王國》的書名。如卡繆所述，這是六篇關於放逐的短篇小說。但是更確切地說，這是六篇關於放逐，和由於放逐才得以窺見王國之可能的短篇小說。這個王國不是任何以「主」為名的歸屬，而是以人之姿得以安身立命之著根。因為放逐，深刻鄉愁的輪廓得以浮現；因為意識到了放逐狀態，所以得以摸索返歸的方向。《放逐與王國》與卡繆在此二十年前初出茅蘆時出版的第一本作品《正與反》（*L'Envers et l'endroit*）彼此呼應，連接詞「與」的兩端看似二元對立，實則相生相應。《正與反》是卡繆創作的根源，《放逐與王國》則暗示著回到根源的企圖。這個企圖，一方面，是卡繆透過書寫放逐，在創作中找回前往王國之路，和等待創作再度萌生的嘗試；另一方面，也是翻開此書的你我，透過卡繆的文字和各自的生命經驗，思索並辨識己身的放逐，並且，如果可能，找到無愧於己且無愧於他者的一線希望。

給芳萍 *A Francine*

# 行淫的女人

一隻孱弱的蒼蠅在巴士裡打轉好一陣子了，儘管車窗都已往上拉起。很不尋常地，牠不發一絲聲響，飛來飛去，疲憊不堪。家甯的視線把牠跟丟了，接著又見牠停在她先生靜止不動的手上。天氣很冷。每有一陣風沙吹打在車窗上發出唰唰的聲響，蒼蠅就會跟著打顫。在稀疏的冬日晨光中，和著鐵板與輪軸的巨大聲響，車子行駛著，搖晃著，幾乎沒有前進。家甯望向她先生。馬塞爾的額頭狹窄，低低的髮線上長著一綹綹亂翹的灰白色頭髮，他的鼻子寬，嘴巴線條不匀稱，看來就像一頭賭氣的法翁。[1] 路上每遇坑洞，她便能感覺他往自己身上彈靠過來。然後，他會任由那沉重的軀幹墜回他張開的雙腿上，僵直的眼神再次變得無神，心不在焉。唯一似乎還在運作的，只剩他那雙無毛的大手，在長過襯衫袖子還蓋過手腕的灰色法蘭絨內衣下，顯得更短了。這雙手把擱在他膝間的一個小型帆布行李袋抓得如此之牢，牢到似乎對蒼蠅進退兩難的飛行毫無所覺。

驟然間，風的咆哮清晰可聞，包圍巴士的沙霧也愈加濃重。好似有無形的

1 Faune：羅馬神話中一種在田野間活動的神祇，經常被描繪為上半身為人、下半身為羊、頭長羊角、相貌不甚俊美的形象。

手在投擲般，飛沙走石此時大把大把地砸落在車窗上。蒼蠅動了動畏寒的翅膀，腳一曲，飛走了。巴士速度減緩，似乎馬上就要停住。然後風似乎又平靜了下來，霧散了些，車子也重拾速度。被沙塵淹沒的景物間透出了幾個光亮的缺口。兩、三棵瘦弱且褪色、宛如從金屬裁切出來的棕櫚樹，在窗外閃現，旋即又消失。

「什麼鬼地方！」馬塞爾說。

巴士上滿是阿拉伯人，他們假裝在睡覺，隱身在各自的羊毛罩袍裡。有幾個人盤腿坐在長墊上，車子行進間搖晃得比其他人還厲害。他們的沉默與無動於衷終於使家宥感到壓迫，感覺自己已在這群人的無聲護送下旅行了好幾天之久。然而，這輛巴士是天剛亮時從鐵路末站出發的，兩個小時以來，在寒冷的早晨中，行進在一座荒涼的石礫高原上。至少在啟程之際，這座高原的筆直線條無限地延伸，直到遠方微紅的地平線。可是起風了，漸漸吞噬了這片無垠大地。從那一刻起，乘客們就什麼都看不到了。一個接一個，大家停止談話，靜靜地航行在某種不眠之夜裡，偶爾擦擦被滲進車內的風沙惹得不舒服的嘴唇和眼睛。

「家甯！」先生的呼喚嚇了她一跳。她又再次覺得以她這樣高壯的塊頭，叫這個名字有多麼荒唐可笑。馬塞爾想要知道樣本箱在哪兒。她伸腳探尋坐墊下方的空間，碰觸到一個她認定應該就是樣本箱的物品。的確，她只要彎腰向前，就會有些喘不過氣。然而，在中學時代，她可是體操排名第一，那時的她有取之不盡、用之不竭的氣。已經過這麼久了嗎？二十五年了。二十五年不算什麼，因為感覺才只是昨日而已，她還在自由自在的生活和婚姻之間猶豫；僅是昨日而已，她還在焦慮不安地想像，或許，有一天，自己將孤獨老去。她並不孤單：那個老是黏著她的法律系學生現在就在她的身邊。最終她還是接受了他，雖然他有點矮，那短促的笑聲和那雙太凸的黑眼睛也不討她喜歡。可是她欣賞他面對生活吃苦耐勞的骨氣，這是此處法國人的共通特質。她也喜歡當事或人違其所望時，他那手足無措的樣子。尤其，她愛被人所愛的感覺，而他用大獻殷勤淹沒了她。他如此頻繁地使她感到自己為他存在，是他讓她真正地存在。不，她並不孤單……

巴士駕駛猛按喇叭，設法在一堆看不見的障礙物間開出一條通道。車裡倒是沒有人有所動靜。家甯突然覺得有人在看她，她轉身朝向走道另一邊的同排座位看過去。那個人不是阿拉伯人，她很訝異上路時沒有留意到他。他身穿法國撒哈拉軍團制服，戴著米黃色硬式軍帽，狐狼般的黝黑面孔既長且尖。他那對明亮的雙眼正在打量她，帶著某種不快，目不轉睛。她的臉立刻紅了起來，回頭轉向仍舊直視著前方濃霧與強風的先生。她用大衣把自己緊緊包裹起來。但她依舊能看見那個修長的法國士兵，如此瘦骨嶙峋，穿起合身短版軍外套，就像以某種乾燥易碎的材質打造出的一種沙與骨頭的混合體。就在此時，她瞥見她前面的那些阿拉伯人，手掌削瘦，臉頰曬得黑黲黲，她也注意到人家即使穿著寬大的衣物，坐在座位上卻好似消遙自在，而她和先生反而是如坐針氈。她把衣襬往身子收攏進來。其實她並不那麼胖，比較算是高䠷豐滿和肉感吧，透過男人的目光她可以清楚地感受到，她那略帶稚氣的臉龐和清亮澄澈的雙眸，對比著她知道仍然溫厚的這付高壯身軀，還是能激起男人慾望的。

不，事情並不如她所預期的那樣。馬塞爾要帶她一起巡迴時，她曾表示不願意。他考慮這個行程已有很長一段時間，確切而言從戰爭結束，生意回歸常軌時就開始構想了。戰前，他在放棄了法律系學業後，接手父母親的布料小生意，日子還算過得去。海濱的年輕歲月是可以過得開心快樂的。然而他不那麼喜歡體力活動，所以很快地，他就不再帶她去海邊玩了。他的那輛小汽車只有在他們週日出去散心時才會開出城。其餘時間，他還是偏好他那間販賣五顏六色的布料，位在本地人與歐洲人參雜的街區拱廊下的店鋪。他們住在店面樓上二房一廳的公寓，裡頭裝飾著阿拉伯掛毯和巴貝斯傢俬百貨的大眾化家具。沒有小孩。年過一年，日子就在半掩的百葉窗和屋內刻意維持的昏暗中度過。夏日、海灘、出遊，甚至天空都顯得好遠。除了生意，似乎沒什麼引得起馬塞爾的興趣。她曾以為自己發現了令他真正感到熱情的事物，就是金錢，但她終究不喜歡這樣，卻不太知道為什麼。畢竟她也從中獲益。他並不小氣，反而挺慷慨的，尤其是對她。「要是我有個三長兩短，」他說，「妳仍會受到保障。」的確，生存需求必須保障。可是在此之外，那些不屬於最最基本的需求，又該向何處尋求庇護呢？這正是她間或隱約感受到的。找到答案之前，她幫馬塞爾記帳，有時也代他看店。最難過的時節莫過於夏天，天氣熾熱到足以扼殺一切，就連那恬淡的無聊感都無法倖免。

驟然間，正值盛暑之際，戰爭開打，馬塞爾接受徵召、然後除役，布料短缺，生意停擺，酷熱的街道空無一人。倘若真有個什麼三長兩短，從今爾後，她便不再受到保障。這就是為什麼等布料一重回市場，馬塞爾就思量著到高原和南部地區的村莊巡迴，以便跳過中間人，直接銷售給阿拉伯商家。他想帶她一起去。她知道當地聯外交通不便，她又有呼吸不順的毛病，寧可在家等他回來。他卻心意已決，她也只好接受，因為拒絕又得花上太多氣力。此刻他們已經在路上了，可是真的，情況跟她當初想像的完全不同。她早先擔憂天氣太熱，蒼蠅太多，旅館太髒，還有到處都是茴香酒的氣味。她始料未及的卻是冷峻的低溫、刺骨的寒風，還有幾近極地、滿布冰磧的這些高原。她先前還幻想著棕櫚樹和柔軟的細沙，現在才親眼目睹沙漠並非如此，反而只有石頭，遍地的石頭，天空由碎石粉塵為唯一主宰，蕭颯冷冽，如同在地上只有石間乾草得以生長。

巴士猛然停下。駕駛用她聽了一輩子卻從沒聽懂的語言對全車說了幾句話。「發生什麼事了？」馬塞爾問道。這回駕駛改以法文說，八成是化油器被沙子塞住了，馬塞爾又再次詛咒起這個地方。駕駛咧嘴大笑，保證沒事，他先把化油器通乾淨，之後就可以上路了。他打開車門，冷風倏地灌入車內，頓時成千沙礫打上他們的臉。所有的阿拉伯人都把鼻子埋進罩袍裡，身子縮成一團。「關門！」馬塞爾大吼。駕駛笑著回到車門邊。不疾不徐地，他從儀表板底下拿出幾樣工具，接著，在大霧中顯得渺小的他再度消失在車頭前，卻沒把門關上。馬塞爾嘆了口氣。「你完全可以確定他這輩子從沒看過馬達長什麼樣。」「沒關係啦！」家甯回答。冷不防地，她嚇了一大跳。在臨近巴士的路堤上，有身披布褸的形體紋絲不動地靜靜站著。罩袍帽子底下和一整排如防禦城牆般的面紗後，僅僅露出了眼睛。他們不發一語，也不知是打哪兒冒出來的，注視著旅客們。「牧羊人，」馬塞爾說。

車內鴉雀無聲。每位乘客都低著頭，像在傾聽被釋放於這片無邊無際高原上的風的話語。家甯頓然詫異於車上幾乎沒有任何行李。在鐵路末站時，駕駛把他們的行李箱和幾捆包袱放上車頂。車內行李架上僅見幾根有木節的木杖和幾個平底編織籃。顯然所有這些南方人都是兩手空空地旅行。

倒是駕駛回來了，仍然專注有神。他也用布巾遮住臉，只見布巾上緣的眼睛笑瞇瞇的。他宣布出發。關上車門，風停止呼嘯，沙雨拍打車窗的聲音聽得更加清楚了。車子馬達先是咳了幾聲，卻如嘆出最後一口氣般熄了火。經過啟動馬達好一陣子的催迫，車子終於發動了，接著駕駛猛踩油門，車子發出嘶吼。巴士打了個響嗝後再次啟程。在那群衣衫襤褸、依舊動也不動的牧羊人中，有隻手舉了起來，然後消失在車尾沙霧之中。幾乎與此同時，車子也開始在更加顛簸的路面上彈跳起來。車上的阿拉伯人被震得東倒西歪。家甯正感到睡意襲來，眼前突然冒出了一個黃色小盒，裡面裝滿了涼糖。狐狼士兵正對著她微笑。她遲疑了一下，伸手拿取，並向對方道謝。狐狼士兵把糖盒放回口袋，並瞬間斂起他的微笑。此刻他直瞪瞪地盯著前方的路。家甯轉向馬塞爾，卻只見他堅硬的後頸。他正看著窗外更為濃重的霧色從破碎的路堤上升起。

他們已經上路好幾個小時，正當疲憊吹熄了車上一切生命跡象時，外頭忽然傳來又喊又叫的聲音。穿著羊毛罩袍的孩子像陀螺一樣轉著圈圈，又跳、又拍手，正在繞著巴士跑。車子此刻行駛在一條兩旁是低矮房子的長街上，進入綠洲。風依舊在吹，但牆擋下了微小的沙粒，光線因此不再昏暗。即使如此，天空仍是灰濛濛的。在吵嚷的喧鬧聲和震耳欲聾的煞車聲中，巴士在一間玻璃髒兮兮的旅社的夯土拱廊前停下。家甯下了車，站在路上，感覺站得不太穩。她看到群屋之上有座細長優雅的黃色叫拜樓。綠洲最前緣的棕櫚樹已清晰可見，就在她的左邊，如果可能的話，她會想朝它們走去。縱使正午將近，氣溫依然冷峻。冷風吹得她直打哆嗦。她轉向馬塞爾，卻先看到那個士兵正朝她走來。她期待對方向她微笑或致意，但他與她擦肩而過，沒有看她一眼，隨後便消失無蹤。至於馬塞爾，他忙著使喚人把裝布匹的行李箱，一只黑色的置物箱，從巴士車頂拿下來。這應該不容易。巴士駕駛是唯一在處理行李的人，但他已停下動作，高站在車頂上，對著把巴士圍成一圈的羊毛罩袍人士發表激昂冗長的談話。家甯被一張張似由骨頭和皮革刻出的臉龐所環繞，耳邊滿是粗嘎的喧譁聲，她突然感覺到自己的疲累。「我先上去了，」她對著正在不耐煩地詰問巴士司機的馬塞爾說道。

她走進旅社。旅社老闆上前迎接她，是一個乾瘦寡言的法國人。他領她上二樓，來到一條俯瞰馬路的長廊，然後進入一間房間，房裡看來只有一張鐵床、一把漆了白瓷亮漆的椅子、一個沒有簾幔的掛衣櫃，和一間洗手檯積了一層薄薄沙塵的浴室，由一扇蘆葦屏風遮擋著。老闆關上門後，家甯感到寒意從光禿的石灰牆面穿透進來。她不知該把提包擱在哪裡，又該把自己擱在哪裡。只能躺下，或是繼續站著，無論如何都是冷到發抖。她繼續站著，手抓著提包，眼睛盯著天花板旁一個開口朝向天空的某種銃眼。她等待著，但不知在等待什麼。她只感到自己的孤獨，以及刺骨的寒冷，還有心口一股更沉的壓迫感。事實上，她正做著夢，對從馬路傳上來的吵鬧以及馬塞爾的大小聲幾乎充耳不聞，反而更加清楚地感知到從銃眼傳來、風吹棕櫚樹而生的微弱潺湲聲，此刻變得如此近在咫尺，她是這樣覺得的。接著風似乎變本加厲，那悠悠水聲轉為浪濤呼哨。她想像著，就在牆外，有片挺立而柔軟的棕櫚樹海，在暴風雨中搖曳生姿。這裡完全不如她的預期，但是這些看不見的波浪舒緩了她疲憊的雙眼。她站著，呆滯無神，雙臂下垂，有些駝背，寒氣順著她沉重的雙腿蔓延上來。她幻想著挺立而柔軟的棕櫚樹，幻想著那個曾是少女的自己。

梳洗完畢後，他們下樓到飯廳。無任何掛飾的牆壁上繪有駱駝和棕櫚樹，淹沒於矯揉造作的粉紅和紫色中。微弱的光線穿透拱型窗灑進來。馬塞爾向旅社老闆打聽本地商家的資訊。接著，一個老阿拉伯人，身穿佩掛一枚軍徽的短版軍外套，來為他們服務。馬塞爾心有旁騖，扒著麵包。他阻止他妻子喝水。「水沒煮過。喝葡萄酒吧。」她不喜歡喝酒，酒讓她遲鈍。還有，菜單上提供豬肉餐點。「可蘭經禁止吃豬肉。不過可蘭經倒不知道煮熟的豬肉不會致病。我們呢，我們可是懂做菜的。妳在想什麼？」家甯沒想什麼，有的話，或許是想著在廚師與先知的對抗中，廚師獲得了勝利吧。可是她必須趕快。隔日一早他們就要再次啟程，更往南去。下午必須拜訪所有重要的商家。馬塞爾催促阿拉伯老人送上咖啡。老人點頭同意，不帶笑容，緩步離開。「早上慢慢來，晚上別太快，」馬塞爾笑著說。咖啡最後還是送來了。他們迅速嚥下後，便來到塵土飛揚又冷颼颼的路上。馬塞爾喚來一個年輕的阿拉伯人幫他提箱子，卻出於原則問題在酬勞上討價還價。他又再次向家甯解釋，他的見解確實是根據一個隱晦的原則，也就是他們總是開口要求雙倍，只求得到四分之一。家甯覺得一陣尷尬，跟在兩個腳夫後面。在厚大衣底下穿了件羊毛衣的她真希望自己可以少占點空間。午餐的豬肉，即使煮得很熟，還有她喝的那一點點葡萄酒，同樣令她感到不自在。

他們沿著一座種著灰撲撲樹木的小公園前進。兩個阿拉伯人經過，好似無視於他們卻讓出過道，還把羊毛罩袍下襬收到身體前側。她覺得他們就算衣衫襤褸，卻有著城市阿拉伯人所沒有的傲氣。家甯尾隨著為她開路的布箱，穿越人群。他們通過一道紅土城牆的城門，來到一座種著同樣了無生氣的樹木的小廣場，廣場最遠也最寬的一側，則是成排的拱廊和店鋪。他們就在廣場上停下腳步，面前是一座砲彈形狀、漆了藍色石灰的小型建築物。建築物內部沒有隔間，只靠著來自大門口的光源照亮，在一片帶有光澤的木板後面，站著一個白鬍子的老阿拉伯人。老人正在倒茶，茶壺在三只彩色小玻璃杯上舉起落下。在他們能夠在昏黑的店鋪裡看出什麼之前，新鮮薄荷茶的氣味已經在店門口迎接著馬塞爾和家甯了。才踏進屋內，穿過混雜在明信片轉架之間的一串串如花環般占據空間的錫製茶壺、茶杯和茶盤，馬塞爾來到櫃檯前。家甯則留在入口處。為了不擋住光線，她稍微站開了些。此時，她瞥見在老販後面的一片昏暗之中，有兩個阿拉伯人坐在堆滿店鋪後方的臌脹的袋子上，正微笑地看著他們。紅色黑色的地毯、各式刺繡花巾沿牆懸掛，地上也滿是裝滿辛香料種子的袋子和小木箱。櫃檯上，在一個有閃亮銅盤的磅秤和一把刻字已然模糊的舊尺四周整齊排列著錐型糖塊，其中一塊的嬰兒包巾般的粗藍色包裝紙已被剝開，糖塊尖端已被削掉。茶香之後浮現的是瀰漫滿室的羊毛與香料氣味，此時老販將茶壺置於櫃檯，跟他們打招呼。

馬塞爾以他談生意專用的低沉嗓音急促地說著話。然後他打開箱子，展示各式布料和布巾，還把磅秤和尺推開，好在老販面前亮出他的特藏。他一會兒激動，一會兒拉高音調，一會兒又莫名地發笑，活像個要討人歡心卻缺乏自信的女人。現在，他把雙手撐得大開，像演默劇般模仿買和賣的動作。老人搖搖頭，把茶盤遞給後面兩個阿拉伯人，還說了一些似乎讓馬塞爾垂頭喪氣的話。馬塞爾拿起他的布料，塞回箱子，然後擦拭額頭上冒出的意料之外的汗珠。他喚來年輕腳夫，接著他們再向拱廊走去。雖然第一個商家起初也同樣擺出高高在上的臉色，至少結果比較令人欣慰。「他們以為自己是上帝，」馬塞爾說，「但是他們不也一樣要賣東西！大家的生活都不容易。」

家甯沒有回答，只是跟著他。風幾乎已經完全靜止下來。天空中有些地方已然雲開見日。厚重的雲層鑿出藍色光井，熠熠冷光流瀉而下。他們此時已經離開廣場，行走在窄小巷弄間，沿著土牆前進，牆頭低垂著腐爛的十二月玫瑰，或是偶爾遠遠懸著一顆乾癟蛀壞的紅石榴。風沙與咖啡的香味、燃燒樹皮的炊煙、石頭與羊隻的氣味飄盪在這個街區。店鋪由牆面挖鑿而成，久久才有一家。家甯感覺雙腿變得沉重。倒是他先生的心境漸漸緩和下來，他開始賣出貨品了，也變得比較和顏悅色。他喊家甯「小丫頭」，他說這趟旅程看來不會徒勞無功。「這是一定的，」家甯說，「還是跟他們直接洽談比較好。」

他們走另一條路回去，往城中心的方向。下午已經過了大半，天上的雲層現在幾乎都散去了。他們在廣場上停下腳步。馬塞爾十分得意，他溫柔地看著他們面前的布箱。「你看，」家甯說。廣場另一端有個高眺的阿拉伯人迎面走來，他瘦長、精壯，身披天藍色羊毛罩袍，腳踩黃色軟靴，戴著手套，一張有著鷹勾鼻的古銅色臉孔揚得高高的。他戴的纏頭巾是唯一線索，得以區別此人並非有時令家甯心生仰慕的阿爾及利亞本地事務法國軍官。他穩步朝他們前近，視線卻好似越過他們這群人，同時緩緩摘下其中一隻手的手套。「我說啊，」馬塞爾聳聳肩說，「有個傢伙自以為是將軍呢。」是啊，這兒的每個人都散發出這種傲驕之氣，可是眼前這位確實太誇張了。他們明明站在空無一人的廣場中央，此人卻無視於布箱，也無視於他們，徑直朝布箱前進。雙方的距離急速縮短，阿拉伯人馬上就要來到他們跟前，說時遲，那時快，馬塞爾一把抓起箱子把手，把東西往後拉。那個人通過，狀似什麼都沒注意到，步伐不變，往城牆方向走去。家甯看了看他的先生，他看起來灰心喪氣。「他們現在真是無法無天了，」他說。家甯沒有回話。這阿拉伯人愚蠢的不可一世令她厭惡，她突然間感到悲傷。她想離開，想著她那間小小的公寓。一想到還得回旅社，回到那間冰冷的房間，她就意興闌珊。她忽然想起旅社老闆曾建議她登上要塞的高臺看看，從那裡可以眺望沙漠。她跟馬塞爾提了，布箱可以留在旅社吧。可是他累了，想在晚餐前打個盹。「拜託啦，」家甯說。他看著她，突然體貼起來。「當然好了，親愛的，」他說。

她在旅社前面的馬路上等他。穿著白袍的人愈來愈多，可是人群中一個女人都沒有。家甯覺得從未看過這麼多男人。然而，沒有一個男人看她。其中有幾個人，狀似沒有看見她，卻把如此一張削瘦而似皮革般棕黑發亮的臉慢悠悠地轉向她。在她眼中，就是這樣的臉讓他們彼此神似，巴士上法國士兵的臉，戴手套的阿拉伯人的臉，一張狡滑又驕傲的臉。他們把這張臉轉向她這個外地女人，卻對她視而不見，然後輕巧安靜地經過腳踝腫脹的她的身邊。而她的不安、她需要離開此地的念頭有增無減。「我為什麼來到這裡？」可是這時馬塞爾已經下樓來了。

他們爬上要塞階梯時已是下午五點。風已完全停歇。此刻的天空萬里無雲，有著長春花的淡紫藍色。寒氣轉為乾冷，扎著他們的臉頰。階梯爬到一半，一個老阿拉伯人躺在牆腳，問他們是否需要導覽，可是他人卻動也不動，好像早就預料到會被拒絕。儘管中間有幾處泥土整平的平臺，階梯仍然既長且陡。他們愈往高處爬，空間愈加開闊，他們攀升至更見遼闊和乾燥冷冽的光線中，傳自綠洲的每個聲響都清晰純透。被照亮的空氣似乎在他們四周震盪，愈往上爬，震盪愈是綿長，彷彿他們的通過使得結晶般的光線表面應生出一道持續開闊延展的音浪。當他們抵達高臺的那一刻，視線瞬間迷失在棕櫚林的另一邊那廣漠無邊的地平線，家甯感覺一枚璀璨簡短的單一音符迴盪在整片天空，那迴音緩緩盈滿她的上方，隨後戛然而止，留下站在無垠大地面前靜默無聲的她。

確實，她的視線從東至西，徐徐順著一條完美的弧形游移，毫無障礙。在她底下，阿拉伯城市藍白相間的露臺高低交錯，被風乾在太陽下的辣椒血染成點點深紅。舉目無人，但從房屋內院傳來，伴隨著焙烤咖啡豆的氤氳燻煙的，是陣陣笑語或令人費解的腳步聲。稍遠處，棕櫚樹園被黏土牆分隔成大小不一的區塊，頂端被高臺上已然感受不到的風拂出沙沙細聲。更遠處，一直到地平線彼端，在赭紅與蒼灰之間是石頭的國度，那裡不見任何生命影蹤。只有在離綠洲有些距離，靠近西邊沿棕櫚園淌流的乾河床，可以望見一些大型黑色帳篷。環視其四周，有群靜止不動、在此距離看起來極為渺小的單峰駱駝，在灰色土地上形成某種字體奇異而意義有待破解的深色符號。沙漠之上，萬籟俱寂，如空間一樣漫無邊際。

家甯把全身靠在城垛上，說不出話來，無法將視線從開展於眼前的廣漠空無中移開。在她身旁的馬塞爾很不耐煩。他覺得冷，他想下去。這裡究竟有什麼好看的？然而她無法將目光從這條天際線別開。她忽然覺得，彼方，更南之境，在那天地交會於一條純粹線條之所在，有個她一直一無所知，卻從未停止想望的什麼東西，在那裡等著她。在漸近黃昏的午後，光線緩緩沉靜下來。從原本的晶亮剔透，轉為似水粼粼。與此同時，在一個純粹被巧合引領至此的女人心中，有個由歲月、習慣和煩悶打起的結，正慢慢地被解開。她看著游牧部族的營地。她甚至沒看到住在那裡的人，黑色帳篷間沒有絲毫動靜，可是她的思緒卻完全被他們所占據，而在今日之前她對他們的存在幾乎一無所知。他們僅是一小群人，沒有房舍，遠離塵世，漫遊在她以目光發掘的這片無邊疆域，而它只不過是一片更廣闊空間中微乎其微的一小部分，這片渺茫大地以令人目眩神馳的態勢一路奔逃，直至數千公里以南才止步，直到第一條河流終於孕育出肥沃森林之處。亙古迄今，在這片浩瀚國度乾涸見骨的土地上，幾個男人不停歇地行走著，他們一無所有卻不為任何人卑躬屈膝，他們是寒酸困頓卻逍遙自由的一座奇異王國之主。家甯不明白何以這個想法使她心中充滿悲傷，這份悲傷如此溫柔，又如此巨大無止境，令她為此闔上眼睛。她只知道這個國度自始就已應許給她，卻永遠不屬於她，永遠不會，或許，只有在這轉瞬即逝的當下，當她再次睜開雙眼，對著突然靜止的天際和天際中凝結的滔滔光浪，就在阿拉伯城鎮傳來的人聲驟然靜默之際。她覺得世界似乎剛停止了運轉，再沒有任何人，打從此刻起，將會老去抑或死去。無論何處，人生皆猝然暫停，除了在她心底，在此刻，有個人因痛苦和驚異而哭泣。

然而光線動了起來，清亮透淨而炙熱不再的太陽朝著漸轉為玫瑰色的西方沉落，同時東方有股灰色波浪正在形成，朝向無垠大地行將奔騰而去。一隻狗率先嚎了起來，那遙遠的叫聲升至更加清冷的天際。家甯這才察覺自己的牙齒正打著冷顫。「冷死了，」馬塞爾說，「妳真傻。回去吧。」雖然嘴巴上這麼說，他還是笨拙地牽起了她的手。變得依順的她轉身離開城垛，跟著他走。階梯上的那個老阿拉伯人，一動也不動，看著他們走下要塞，往城裡去。她因一股突如其來的龐大疲倦感而縮起身子，拖著似乎沉重到無力支撐的身體，就這樣走著，不看任何人。之前的興奮感已經不再。現在，她覺得之於那個剛剛闖入的世界來說，自己真是太魁梧、太粗壯，而且太白了。一個孩子，那個少女，乾癟的男人，鬼祟的狐狼，才是唯一有權安靜踩踏這片土地的生物。從今以後她在那裡還能做些什麼，除了拖著自己，直到長眠、直到就木？

確實，她一路把自己拖到餐廳，拖到一個突然間默不做聲的先生面前，又或者他訴說著他的疲憊，而她卻感覺自己快發燒了，正虛弱無力地抵抗著風寒。接著她再把自己拖到床上，馬塞爾也過來加入她，並在未徵求她同意之下立即把燈關上。房間裡冰冷得宛如結凍似的。家甯感覺寒冷向她襲來的當下，發燒也正在加劇。她呼吸困難，血液翻流著，身體卻熱不起來，心中有股恐懼不斷滋長。她翻過身，老舊鐵床因她的重量嘎吱作響。不行，她不想生病。先生已經睡了，她也該睡了，一定得睡了。城市的聲音暗暗悶悶的，從銃眼傳到她的耳朵。阿拉伯咖啡館的老留聲機帶著鼻音唱著她隱約認得的曲調，隨著人群隱約又緩慢的嘈雜傳到她的耳際。必須睡了。可是她默數著黑色帳篷，靜止不動的駱駝一隻一隻在她眼皮底下通過，心中盤旋著無邊的巨大寂寞。是啊，為什麼來到這裡？她在自問這個問題中沉沉睡去。

她過了一會兒後醒來。周圍一片寧靜。然而，城鎮邊緣，叫聲嘶啞的狗在無聲的夜晚中狂吠。家甯打起冷顫。她再次翻身，感覺她先生那堅硬的肩膀碰到自己的肩膀，半睡半醒間，她忽然靠過去依偎著他。她在睡意中載浮載沉，無法深睡，她無意識且貪婪地緊緊抓住這片肩膀，像是抓住最可靠的港灣。她說著話，可是嘴巴發不出任何聲響。她說著話，但是就連她自己都快聽不見自己。唯一感覺到的，只有馬塞爾的體溫。二十年來，每個夜晚，就像這樣，在他的溫熱裡，總是他們兩人，即使在病痛中，即使在旅途間，就像現在一樣……要是獨自在家的話，她又會做些什麼呢？沒有孩子！她缺的不就是這個嗎？她不知道。她跟隨馬塞爾，僅此而已，樂於感覺被某個人需要。知道自己有存在的必要，是他唯一可以給她的快樂。或許他並不愛她。愛情，就算是充滿怨恨，也不會是這種愁眉不展的臉。可是它的臉又是怎樣的臉呢？他們在夜裡相愛，在漆黑中摸索，看不見彼此。在深手不見五指的愛情以外，是否還存在著另一種愛，一種可以在光天化日放聲高喊的愛？她不知道，但她知道馬塞爾需要她，她也需要這份需要，她知道她夜晚和白日都為此而活，特別是夜晚，每個他不願孤單、不願老去也不願死亡的夜晚，臉上帶著這個他會有的、她也不時在別的男人臉上認出的這種倔強表情。這是這些瘋子們唯一的共同神態，他們偽裝在理性的模樣底下，直到有一天變得譫妄瘋癲，並且絕望死命地投向女性身體，不帶任何慾望，只為將寂寞與夜晚駭人的一面在此深深埋藏。

馬塞爾動了動身子，好像要離她遠些。不，他並不愛她，他只是害怕任何她以外的事物，如此而已，而她與他早就應該分開，早就應該獨自入睡直到最後了。可是，誰又能夠永遠獨自入眠呢？少數人確實如此，由於受到感召或面臨厄運而與世隔絕，所以每晚才與死神同床共寢。馬塞爾啊，尤其是他，就永遠無法做到，他只是個軟弱無措、遭遇痛苦總是嚇壞了的孩子，她的孩子，正是如此啊，一個需要她，而此刻正發出某種呻吟聲的孩子。她又再貼緊他一些，把手放在他的胸膛上。然後，在內心深處，用過去給他起的親暱小名默默呼喚他。這個小名，現在他們彼此間還會偶爾用到，但已經不再去想它所代表的意義了。

她全心全意地呼喚他。她也是啊，畢竟，她也需要他，需要他的力量、他的那些小癖好、小堅持，她也害怕死去。「要是可以克服這份恐懼，我就會得到快樂……」幾乎同時，一股無名的焦慮湧上了她的心頭。她把自己從馬塞爾身邊拉開。不，她什麼都克服不了，她並不快樂，事實上，她就要死去，卻得不到解放。她的心臟很難受，有個碩大的重量壓得她喘不過氣來，她這才發現二十年來她一直拖著這個重擔，此刻正窮盡氣力從底下掙脫出來。她要被解放，就算馬塞爾、就算所有人都從未被解放！完全清醒的她在床上坐起，伸長耳朵，尋覓一個好似近在咫尺的呼喚。然而，從黑夜最深處傳來的，只有綠洲狗兒微弱而永不疲累的叫聲。一陣微風吹起，風裡她聽見棕櫚樹林的潺潺流水聲。風來自南方，彼處，沙漠與黑夜此刻正交纏於再次定格的天空下，在那裡，生命停止了，在那裡，沒有任何人老去或死去。接著，風的流水乾枯停歇，她甚至無法肯定自己曾經聽到任何聲音，或許除了一個無聲的呼喚，畢竟她可以任意決定這聲呼喚是停止又或是可被聽見，但就算如此，她也將永遠不明其義，除非立刻回應它。立刻，對，至少這一點是確定的！

她輕輕起身，站在床邊，注意著她先生的呼吸。馬塞爾還在睡。片刻之後，床鋪的溫暖遠離了她，寒冷再次將她緊緊攫住。她緩緩穿衣，在街燈透過外牆百葉窗照進屋內的微弱光線中，伸手摸找她的衣物。她把鞋子拎在手上，來到門旁。黑暗中，她又再等了一會兒，然後輕輕打開房門。門閂發出嘎吱的聲音，她停下動作，一動也不敢動。她的心臟瘋狂跳動著。她伸長耳朵，四周的悄然無聲讓她放下心來，手又再轉遠了一點。她感覺門閂似乎永遠轉不到底。門終於被她打開了，她溜出門外，又小心翼翼地關上門。接著，她把臉頰貼在木門片上，等待著。過了一會，她聽見馬塞爾的呼吸聲，似乎已然遙遠。她轉身，夜裡冷颼颼的寒風吹上臉頰，她沿著長廊跑了起來。旅社大門關著。正當她打開門閂，守夜人出現在樓梯上方，一臉惺忪，用阿拉伯文對她說話。「我就回來，」家甯說，然後投身夜中。

串串繁星自漆黑天際垂掛在棕櫚樹和屋舍上方。她沿著通往要塞的短街奔跑，街上現已空無一人。寒意無需抵抗太陽，早已占領了夜晚，冰凍的空氣灼燒著她的肺。即使如此，她仍幾近盲目地在黑暗中奔跑著。然而，大街的高處有燈火閃現，接著朝低處的她蛇行靠近。她停下腳步，聽見昆蟲鞘翅拍動的嗡嗡聲，光源愈來愈近，終於看出光的後面是幾件極大的羊毛罩袍，纖弱的腳踏車輪在罩袍底下閃爍著光芒。羊毛罩袍們與她擦肩而過。她後面冒出三盞紅燈，頓時又消失無蹤。她繼續往要塞跑去。到了階梯中段，灼燒她肺部的空氣變得如此鋒利，剮得她好想停下來，僅靠剩下的最後一股氣力勉強把自己推上高臺、靠著城垛，城垛此刻就這樣緊貼著她的腹部。她氣喘吁吁，眼前一片模糊。方才的狂奔並未讓她暖和起來，她整個身子依舊顫抖不停。可是她大口大口吞下的冷空氣很快便規律地漫流在她的體內，冷顫間有一丁點怯生生的熱感開始萌生。她的眼睛終於睜開，望向夜晚的無窮無盡。

絲毫沒有風也沒有聲音，除了有時石頭被寒冷化約為細沙，發出沉沉的劈啪聲，擾亂了此刻包圍著家甯的孤獨寂靜。然而，片刻之後，她卻感覺有股沉甸甸的運動力正牽引著頭頂的蒼穹旋轉。濃重的乾冷夜晚裡，成千上萬的星斗不斷形成，它們的熠熠冰晶才一生成便即脫離，令人無法察覺地往地平線滑落。家甯凝視這些迷航的星火，無法自拔。她與它們一同旋轉，一致的靜止軌跡一點一滴連結起她與她最深處的存在，在此，寒冷與欲望此刻正在交戰。在她面前，繁星散落，一顆又一顆，然後熄滅在沙漠石塊間，而每一次家甯又更加敞開自己、迎向夜晚。她呼吸著，忘了寒冷，忘了他人的重量，忘了人生的瘋癲還是僵滯，忘了活著和死去的漫長焦慮。這麼多年來，為了逃避恐懼，她死命狂奔，漫無目的，現在終於停下了腳步。與此同時，她覺得好像找回了自己的根，生命的汁液重新湧上她那不再顫抖的身體。整個腹部緊緊貼著城垛，整個人伸向轉動中的天空，她只等待著她那顆被深深撼動的心平緩下來，等待著內心再次寧靜。天上星宿最後的幾顆星辰任其串串星子墜落在更低、更接近沙漠地平線之處，然後便靜止不動。就這樣，以一種令人難以承受的溫柔，夜之水開始滿溢家甯，漫過寒冷，從她存在最幽微的中心緩緩上升，最後氾濫為汩汩波瀾直到她的嘴巴發出滿滿呻吟。片刻之後，整片蒼穹在她的上方完全開展，覆蓋著臥倒在寒冷大地上的她。

當家甯以同樣的小心翼翼回來時，馬塞爾仍未醒來。但就在她躺下的時候，他咕噥了幾聲，幾秒鐘後，突然坐直起來。他說著話，但她不懂他在說什麼。他起身，開燈，燈光像一記耳光重重打在她的臉上。他搖搖晃晃走向洗手檯，然後喝下一大口擺在洗手檯上的那瓶礦泉水。正當他再次鑽回被窩、一隻膝蓋已經跨在床上時，他看向她，不明就裡。她正在哭，淚流滿面，怎麼也止不住。「沒什麼，親愛的，」她說，「沒什麼。」

# 叛教者，或神志錯亂

真是糊成一團，糊成一團！得釐清我腦中的思緒才行。自從他們割掉了我的舌頭以來，有另外一根舌頭，我也不知道怎麼回事，在我腦中喋喋不休，有個東西——還是有個人？——在說話，突然又安靜下來，然後全部又重來一次……啊！我聽到太多東西，卻都不是我自己會說的，真是糊成一團，而且我要是張開嘴巴，發出的就好像是撥動小石頭的聲音。有點秩序吧，某個秩序，那根舌頭說，它同時還說著別的事情，是的，我總是渴望秩序。至少，有件事可以確定：我在等待要來接替我的傳教士。我現在就在這條路徑上，距離塔嘎撒一小時之處，躲在一堆崩塌的亂石間，坐在這支老步槍上。黎明在沙漠升起，氣溫依舊很低，待會又會太熱，這片土地令人發狂，而我，過了這麼多年我已不知從何算起了……不，再堅持一下！那個傳教士應該今早就會抵達，或是今晚。聽說有個嚮導會與他同來，可能他們兩人只有一匹駱駝。我會等待，我在等待，寒冷，我發抖只因為天氣寒冷。再等一下，骯髒的奴隸！

我已經耐心等待這麼久了……還在老家的時候，在中央高原的那片高地，我那粗魯的父親、鄙俗的母親、葡萄酒、每天都喝的肥豬肉湯，尤其是那葡萄酒，又酸又冷，還有那漫長的冬季、嚴寒的高原暴風、風吹雪、噁心的蕨類……啊！我想遠走高飛，一次遠離所有這些，然後終於可以開始在陽光之中、有清澈的水的所在，過著真正的生活。我相信了神父，他跟我說起修院，還每天照顧我，在這個他得貼著牆壁、閃閃躲躲才能穿越村莊的新教徒地區，他有的是時間。他跟我談起什麼大好前程和太陽，他說天主教就是太陽，他還讓我讀書，把拉丁文塞進我硬邦邦的腦袋裡：「這孩子有慧根，就是騾子脾氣。」而我的腦袋殼就是這麼硬，我這輩子雖然常常跌倒，頭卻從沒流過血。「一顆牛頭。」我那豬頭父親是這麼說的。在修院裡，他們是如此得意，因為在新教地區能招募到一個新人就是一場勝利，他們看見我的到來宛如看到奧斯特利茨的太陽升起。[1]雖然這顆太陽有些黯淡無光，的確，那是酒精的關係，他們喝了酸澀的酒，他們孩子的牙都蛀了，嘎[2]，嘎，殺死他的父親，這就是必須要做的，但說起來他是不可能去傳教的，因為他已經死掉很久了，酸酒最後

1 一八〇五年十二月二日於今日捷克的境內發生了奧斯特利茨戰役（Bataille d'Austerlitz），據傳當日清晨雲消霧散，冬日的清朗天空升起熾熱太陽，拿破崙以奇謀指揮法軍擊潰奧地利和俄羅斯聯軍，獲取大勝。

2 法文原文為 râ，在此為作者自創的狀聲詞，近於 râle，指因呼吸不順或呼吸道阻塞而發出的異聲，為瀕死徵象之一。在此應指垂死之人喉嚨發出的瀕死嘎嘎聲。

讓他胃穿了孔，這樣就只剩殺掉那個傳教士了。

我有一筆帳要跟他和他的主人算、跟矇騙了我的我的主人算、跟那齷齪的歐洲算，他們所有人都矇騙了我。傳教，他們開口閉口都離不開傳教，到野蠻人那兒去對他們說：「這是我的主，瞧瞧他吧，他從不擊打亦不殺戮，他用溫柔的話吩咐，他的另一邊臉也給人打，這是主中之主，選擇他吧，請看他令我成了更好的人，冒犯我吧，您就會獲得證明。」是的，我相信了，嘎，嘎，我感覺自己成了更好的人，我胖了，幾乎稱得上帥了，我要被冒犯。當我們一個緊接一個排著黑色行伍走在夏天格勒諾布爾的豔陽下，和穿著飄逸洋裝的女孩擦肩而過，我啊，我可是目不斜視，無視於她們，等著她們來冒犯我，而她們有時就是呵呵笑。我當時心想：「讓她們擊打我，朝我臉上吐痰吧。」可是她們的笑，真的，就和擊打我沒什麼兩樣，就像長出尖牙銳刺撕裂著我，冒犯和折磨是如此甜美！當我毫不留情地責難自己時，我修院的院長無法理解：「非也，您裡面有善！」有善！我裡面有的是酸酒，就再沒別的了，而這樣再好不過，人不壞要怎麼變好，我早就從他們所有的教導裡領悟到了。我甚至還只領悟了這一點，就仗著這個單一念頭和騾子的聰明才智貫徹始終，我主動補贖，我清貧度日，總之，我呢，我也想成為榜樣，我要人們看見我，並在看見我的時候向使我變好的那些致敬，通過我禮讚吾主。

狂烈的太陽啊！它正在升起，沙漠正在變化，不再是山上仙客來花的顏色，啊！我的高山啊，還有雪，那細軟的雪，不，是帶點灰的黃，在這光芒萬丈前的平庸時刻。空空蕩蕩，一片荒涼直到地平線，在我面前，在高原隱沒於一圈依然柔和之色彩的彼處。在我後頭，路徑向上通往隱藏著塔嘎撒的沙丘，這麼多年來，它那鐵打般的名字就在我的腦袋裡不停地敲擊。第一個跟我提起這裡的人是退休後在修道院裡生活的半盲老教士，可是為什麼說第一個？他是唯一一個，而我，令我震驚的並非他故事裡的鹽之城或是烈陽下的白牆，不是的，而是那些野蠻城民的冷血無情，以及那個阻絕所有外人進入的城市，曾經試圖進城的人中只有一個，據他所知就只有一個，還能活著出來講述他的所見所聞。他們鞭打他，在他的傷口和嘴巴上灑鹽，然後把他驅逐到沙漠裡，他碰到了游牧民族，游牧民族就這麼難得一次展現了憐憫心，真是幸運，而我啊，從此時起，我便對這個故事心馳神往，我幻想著鹽與天之火，夢想著神靈之屋與祂的奴隸們，難道還有比這更未開化、更刺激的嗎？是的，這就是我的傳教任務，我必須去向他們展現我的主。

在修會裡他們跟我講道理、要我放棄，說還得再等等，說這不是個可傳教的國度，說我尚未準備好，說我必須為此特別做訓練、必須清楚自己是誰，然後居然還要測試我，然後再看看！可是一直等、一直等，啊！不行，好吧，這樣的話，我同意進行特訓和測試，因為這些特訓和測試的地點就在阿爾及爾，我距離那裡就更近了，至於其他部分我還是搖搖我那硬邦邦的腦袋瓜重複同樣的話，去到那最蒙昧者之處，如他們生活，到他們的領域，甚至深入神靈之屋，透過我的行事，令其得見吾主真理凌駕一切。他們將冒犯我，這點無庸置疑，然而冒犯不令我懼怕，反而對我所打算展現的不可或缺，透過我承受冒犯的方式，我將叫這些野蠻人臣服，猶如一顆威猛的太陽。威猛，是的，在我舌尖上不停打轉的就是這個詞，我夢寐以求著絕對權威，那令人屈膝臣服，使對手拱手而降、直至改宗的絕對權威，對手愈是盲目、殘酷、自信，愈是被其信仰矇蔽，他們的降順便是愈大聲地宣告使其潰敗的那位的絕對王權。我們那些教士的可悲理想，就只是要偏離正路的善良老百姓歸信主，我瞧不起他們能力無窮卻畏首畏尾，他們不信但我信，我要連那些凶殘的劊子手都承認我，要叫他們雙膝跪地，令他們說出：「吾主，祢於此得勝。」我要用主唯一的話語統領整群惡人。啊！我確信自己論斷正確，在其他方面我從來就不怎麼有自信，但我一旦有了想法，就不輕言放下，這就是我的力量，是的，屬於我的力量，可是我得到的卻只有他們的憐憫！

太陽爬得更高了，開始烤著我的額頭。我四周的石頭發出劈劈啪啪的悶響，只有步槍的槍管是涼爽的，如草原般、如夜雨般涼爽。以前，當熱湯靜靜烹煮著，我的父親和母親等著我，他們偶爾會對我微微笑，也許我那時是愛他們的吧。但是結束了，一層薄紗般的熱氣開始從路面升起，傳教士，我在等你，我現在知道該如何回應信息了，我的新主人們教導了我，我知道他們是對的，是必須與愛算個總帳了。在阿爾及爾，當我從修會逃走的時候，我對他們這幫野蠻人有不同的想像，我的幻想中唯有一點是正確的：他們很凶惡。我呢，我偷了出納的錢，換下僧袍，穿過亞特拉斯山、跨越層層高原和沙漠，跨撒哈拉線的公路司機嘲笑我：「別去那裡。」他也是，這些人到底有什麼問題？然後就是綿延數百公里塵土飛揚的滾滾沙浪，在風中前捲又後翻，然後山巒再次出現，盡是黑壓壓的群峰和銳利如鐵的山脊，之後則需要嚮導才能進入那片滿布褐色碎石，無邊無際，在大熱中尖聲嚎咷，灼烤如千面明鏡竄出火苗的如海荒漠，直到此地，在這黑人領域與白色國度的邊境，鹽之城正於此處拔地而起。還有我被嚮導偷走的錢，天真啊！我老是這麼天真，我給他看了我有錢，他卻先揍了我一拳，再把我丟在路邊，就在這附近：「畜生，這就是你要的路，我可是說到做到。去！去那邊，讓他們好好教教你。」而他們教了我，噢！是的，夜晚除外，他們就像不停歇的太陽，就是一直毒打，氣燄高張，它此刻就在毒辣、太毒辣地打著我，用地上猛然射出的熾熱長矛一記一記地打，啊！快掩蔽！是的，快找掩蔽，到那顆大石塊底下，在還沒糊成一片之前。

這兒的陰影真舒服。在盆地底端那滿是酷熱白光的鹽之城，人要怎麼生存？在每面用鎬錘打出來再粗略刨過的筆直牆壁上，鎬痕刺出眩人鱗片，被四散飛揚的金色沙粒稍微染黃，只有在風掃過那些直牆和露臺時，一切才又都閃耀在一片奪目的白裡，閃耀在同樣被風一路掃到只剩藍色外皮的天空下。我的眼睛要瞎了，在這些靜止的大火在白色露臺上劈里啪啦延燒好幾個小時的日子，所有露臺都層層相接，就好似從前某一天，他們合力攻下一座鹽山，先把它鏟平，接著就在鹽堆裡挖出道路、房屋內部和窗戶，或者就好像……對，這樣更好，他們用發射滾水的噴槍切割出那亮白炙熱的地獄，僅為了表現他們有辦法居住在永遠無人能居之處，在這離群三十天、沙漠中心的凹陷處，在此，日正當中的大熱禁絕人與人的所有接觸，在彼此之間矗立起一道道隱形火焰和滾燙水晶的閘門，然後，夜晚的冷冽毫無過渡階段，把人一個個凍止在他們的岩鹽貝殼裡，他們是一片乾掉海冰上的夜行居民，是在他們的正方體冰屋中倏然發起抖來的黑愛斯基摩人。黑的，沒錯，因為他們身穿長長的黑色布衣，還有鹽，這些侵襲他們，連指甲縫都不放過的鹽，這些人們在夜晚冰天凍地的夢鄉辛酸苦澀反覆咀嚼的鹽，這些在取自一道閃亮裂隙之唯一水源的水中喝到的鹽，這些鹽有時會在他們的深色袍子上留下一道道宛如雨後蝸牛爬過的痕跡。

下雨吧，主啊，一場真正的雨就好，長久、猛烈，來自祢天上的雨！如此，這座醜惡城市終將一點一滴被啃蝕殆盡而無可抗拒地緩緩沉沒，整座城將被一股黏稠的洪水溶解，並挾那些凶殘的居民捲入黃沙之中。一場雨就好，主啊！可是，我在說什麼？什麼主？他們才是主！他們主宰著他們那些草木不生的屋舍、主宰著被派到鹽礦送死的黑奴，切下來的每片鹽板都值一個南國男人的價錢，他們披掛著辦喪事一樣的頭巾，靜悄悄地走在晶白的路上，而當夜晚降臨，整個城市宛如乳白色幽魂，他們彎下身，進入鹽牆透出微光的房舍暗影中。他們的睡眠輕飄飄，一醒來就開始發號施令，他們擊打，說他們屬於同一子民，說他們的神才是真神，還說必須服從。他們是我的主人，他們不知憐憫為何物，而且就像主人一樣，要以他們獨尊、唯他們獨行、由他們主宰，畢竟唯有他們膽敢在鹽和沙裡打造出一座酷熱的冰冷城市。而我……

氣溫上升的時候真是糊成一團，我流汗，他們卻從不流汗，現在就連陰影都熱了起來，我感受到太陽在我上方的石頭上，它擊打著，就像鎚子擊打著所有石頭，而這就是音樂，這是正午的蒼茫之樂，空氣與礫石的振動綿延好幾百公里，嘎，就跟過去一樣，我聽得到靜默之聲。是的，好多年前了，當守衛把我帶到他們面前，在大太陽底下，廣場中心，當房屋露臺如同心圓般，向緊貼於盆地邊緣的深藍色晴空緩緩升起，迎接我的正是相同的靜默。我就在此處，被迫跪在這面白色盾牌底部，眼睛被所有牆壁射出的鹽與火之刃侵噬著，臉色因疲憊而發白，耳朵因嚮導的那一拳還在流著血，而他們，又高、又黑，只是一言不發地看著我。日正當中。在鐵打的陽光下，天空久久不斷地迴響著，如同被烤到白熱的鐵皮，那是同樣的靜默，他們注視著我，時間一點一滴過去，他們就這樣沒完沒了地注視著我，而我，我無法承受他們的眼神，我氣喘得愈來愈重，最後哭了出來，而他們全部人忽然一聲不響，朝同一個方向轉身離去。我跪在地上，只瞥見他們穿著紅色與黑色的涼鞋，沾了鹽而發光的腳板掀起深色長袍，腳尖微立，腳跟輕拍地面，就在廣場上的人都離去之後，我被拖到了神靈之屋。

就像今天在岩石的庇蔭下，頭上那把火燒穿厚重的石塊，我就這樣蹲著，在陰暗的神靈之屋裡待了好幾天。它比其他屋舍略高，被一堵鹽牆圍繞，但是沒有窗，內部滿是閃閃發光的黑夜。好幾天，他們給我一碗有死水味道的水，還把穀粒丟在我面前像丟給雞吃一樣，我撿起來吃。白天大門緊閉，然而屋內的陰影卻更為輕薄，似乎不可抑制的太陽還是有辦法穿透鹽體流瀉進來。一盞燈都沒有，不過我摸黑沿著壁面走，摸到了裝飾牆面的乾棕櫚葉花環，以及屋內深處一道切工粗糙的小門，手指頭還摸到了門閂。好幾天，還是過了好久好久？我無法計算過了幾天還是幾小時，但是他們丟了十次左右的穀粒，我為我的穢物挖了個洞，試圖掩蓋起來卻徒勞無功，動物巢穴的臭味依舊飄散不去，過了好久好久，是的，那道門的兩扇門片大開，然後他們走了進來。

我蹲在角落，其中一人向我走來。臉頰感覺到鹽之火的灼燒，呼吸著棕櫚葉的灰塵味，我看著他走過來。他在距離我一公尺遠的地方停下，安靜地注視著我，只消一個手勢我就站了起來，他用長在他棕色馬臉上如金屬般發光且毫無表情的眼睛直盯著我，然後手舉了起來。他依舊面無表情，揪住我的下唇慢慢扭轉，直到要把我的肉扯掉了，然後手指一點也沒鬆開，繼續把我扭到原地打轉，倒退到房間中央，就在那裡，他拉扯我的嘴唇使我下跪，我手足無措，嘴巴淌血，接著他轉而加入沿牆站著的其他人。令人無法忍受的熾烈白晝毫無蔭蔽，從敞開的門射入屋內，他們看著我呻吟，就在這道光中巫師突然現身，頭頂棕櫚葉，胸罩珍珠胸甲，草裙下的雙腿一絲不掛，還戴著一張蘆葦與鐵絲所製，在眼睛位置開了兩個正方型孔洞的面具。他的後面尾隨著樂師和女人們，穿著五顏六色的厚重長袍，完全猜不出身形。他們在屋裡那扇門前跳舞，跳的是一種粗俗的舞，幾乎說不上有何律動，就只是擺動身體，最後巫師打開了我後面的小門，主人們動也不動，他們注視著我，我轉過身，看見了那尊神靈雕像、祂那雙斧形的頭，還有捲曲如蛇的鐵鼻子。

我被抬到祂面前，在祂的基座腳下，我被迫喝下一種黑水，苦啊，真苦，我的腦袋馬上就滾燙起來，我笑著，冒犯來了，我被冒犯了。他們扒下我的衣服，剃光我全身毛髮，用油洗滌我，拿浸過水和鹽的繩子抽打我的臉，我笑著，把頭轉開，可是每次總有兩個女人擰住我的耳朵，把我的臉轉過去讓巫師鞭笞，而我只看得到他的方眼睛，我還是一直笑，滿臉是血。他們停手了，沒人說話，除了我之外，這一團糨糊已在我的腦袋中開始了，然後他們將我拉起強迫我抬眼看著神靈雕像，這會兒我不笑了，我知道此刻我已把自己獻給了祂，要效忠祂、崇拜祂，不，我笑不出來了，恐懼和痛苦令我窒息。而就在這裡，就在這白色屋子裡，在這些被外面的太陽全力炙烤的牆內，我的面孔緊綳，記憶困乏，是的，我嘗試敬拜神靈，祂是唯一，祂那可怕的臉甚至是全世界最不可怕的。就在此時，我的腳踝被綁上了允許我行走長度的繩子，他們再度跳起舞來，不過這次是在神靈面前，主人們則魚貫走了出去。

門在他們後面關上，音樂再次響起，巫師燃起樹皮，圍著火光頓足跺步，他長長的影子在白牆牆角支離破碎，在平坦的牆面上閃爍跳動，屋內滿是幢幢暗影。他在一個角落劃了個長方形，女人們把我拖到那裡，我能感覺她們乾枯而溫柔的手，她們在我旁邊擺了一碗水和一小堆穀粒，對我指了指神靈，我明白了我的視線絕不能離開祂。隨後巫師叫喚她們，一個接著一個，在火堆旁邊，他打了其中幾個，她們發出呻吟，接著到神靈吾神前伏身跪拜，與此同時巫師持續跳著舞，並令她們全部出去直到剩下最後一個，她非常年輕，靠近樂師蹲著，而且尚未被打過。他抓著她的一根辮子不斷扭轉，她向後傾，眼睛爆出，直到終於仰倒在地。放開手的巫師大聲叫喊，樂師們轉身面向牆壁，同時方眼睛面具底下發出的叫喊聲高到不能再高，那個女人好像什麼發作似的在地上翻滾，最後她四肢著地，手臂抱頭，也跟著哀叫起來，但是聲音悶悶的，巫師就在這樣不斷吼叫、不斷注視神靈的狀態下，急快並帶有惡意地占有了她，過程當中不見女人的臉，而此刻已被長袍厚厚的皺摺所掩埋。而我，孤獨了太久，六神無主，我不也跟著大叫了起來？是的，我朝著神靈尖聲咆哮，直到有人一腳把我踢至撞牆，啃了滿嘴鹽，恰若今日我用那缺了舌頭的嘴巴啃著岩石，等待著我必須殺掉的人一樣。

現在，太陽越過了天頂一點。透過岩石縫隙，我可以看到它在過熱的金屬天空上燒出的洞，一張像我一樣滔滔不絕的嘴巴，在失去色彩的沙漠上空無止無盡地嘔吐著火焰之河。我眼前的路徑上一個影子都沒有，放眼望去完全不見塵土飛揚，在我後面他們則應該在搜索我了，不對，還沒，要到傍晚，在從早到晚打掃神靈之屋、更換祭品後，才會開門讓我出去放放風，到了晚上，儀式開始，有時我會被打，有時不會，但我總是侍奉神靈，這尊形象不只烙印在我的記憶裡，現在也烙印在我的希望中的神靈。從來沒有任何神祇如此強烈地占有我、征服我，我這輩子日日夜夜都奉獻給祂，痛苦和沒有痛苦——這不就是喜悅嗎？——都來自於祂，甚至慾望，對，就連慾望也是，因為幾乎天天參與我聽得見卻看不到的這場非關個人的惡毒戲碼，畢竟現在我必須盯著牆壁，否則就會挨打。但是臉貼著鹽，震懾於牆上激烈晃動的禽獸光影，我聽著那聲長叫，喉嚨乾渴，太陽穴和腹部被一股無性慾的熾烈慾望緊緊掐著。就這樣一天接著一天，我幾乎察覺不出每天有何分別，日子好似在炎熱的高溫下和鹽牆奸詐的光線反射裡液化了，時間變成只是形狀不明的水花，有規律地，只在來自痛楚或占有的大呼小叫中被激起四濺，一個超越年月的漫漫長日，神靈坐在王位上正如我岩石屋上方的這顆殘暴太陽，而此刻如同當時，我因厄運及慾望而流淚，一絲惡毒的希望燃燒著我，我要背叛，我舔著我步槍的槍管和內部的槍膛，槍膛就是靈魂[3]，只有步槍還有靈魂，啊！是的，就在我的舌頭被割下的那一天，我學會了崇拜仇恨的不朽靈魂！

真是糊成一團，怒火難當，嘎，嘎，酩酊於酷熱與盛怒，俯趴在我的步槍

3 法文原文âme同時有槍膛和靈魂之意。

上。誰在這兒氣喘吁吁？我受不了這無盡的炎熱、這個等待，我得殺了他。連一隻鳥、一根草也沒有，石頭，枯槁的慾望，寂靜，他們的叫聲，這根在我裡面絮絮叨叨的舌頭，還有打從他們割了我以來那漫長的煎熬，無味、荒蕪，甚至連夜之水都被剝奪了，那個當我與神關在一起、在我的鹽洞裡魂牽夢縈的夜。唯獨夜晚，和她涼爽的星子及幽暗的泉源能夠拯救我，把我從人類惡毒的神祇身邊解救出來，可是我一直被監禁著，無法凝望她。倘若那人遲遲不來，至少我還能看到夜晚從沙漠升起，占據整片天空，如同清冷的金黃葡萄藤自昏暗天頂垂墜而下，而我可在此縱情酣暢，一解這黑暗、乾涸、不再有任何活的、柔軟的肌肉足以舒緩之空洞的渴，直到終能忘卻瘋狂將我的舌頭占據的那一天。

天氣很熱、很熱，鹽在融化，至少我是這樣想，空氣搗挖著我的眼睛，巫師沒戴面具，走了進來。跟隨他的是一個新的女人，褪色的破爛衣服下幾乎全裸，臉上刺的是神靈的面具，除了一種偶像式的邪惡僵硬外不帶任何神情。仍具有生命跡象的只有她那纖瘦扁平的身體，在巫師打開小室的門時便倒在神明腳邊。接著巫師就走了出去，看也不看我一眼，愈來愈熱，我沒有動，神靈的視線越過她那具靜止的、可是肌肉輕柔動著的軀體注視著我，我靠近她時，女人偶像般的臉孔毫無變化。只有她的眼睛睜大注視著我，我的腳碰到她的腳，熱浪此時開始高聲咆哮，而偶像一句話也沒說，依然用渙散的眼睛怔怔地望著我，她逐漸仰躺在地，緩緩收回雙腿，然後一邊把腿舉高、一邊慢慢張開膝蓋。然而，幾乎是馬上，嘎，巫師在窺視我，所有人都進來了，把我從女人身上拉開，狠狠地打我有罪的部位，有罪！有什麼罪？我笑了，何謂有罪，何謂美德？他們把我壓制在牆上，有隻鋼鐵般的手緊扣住我的下顎，另一隻手打開我的嘴扯出我的舌頭直到見血，這野獸般的哀號是我發出的嗎？一道銳利而涼爽的愛撫——是的，終於涼爽了——就這樣劃過我的舌頭。我清醒過來時，自己一人獨自在夜裡，貼著牆壁，身上沾滿硬掉的血跡，嘴裡塞滿一團氣味怪異的乾草，嘴巴已經停止出血了，但裡面空空如也，空洞中只有折磨人的痛楚依然鮮活。我想站起來，卻跌下去，我好快樂，想到終於要死了我感到絕望得快樂，死亡不也是涼爽的？而且沒有任何神祇在它蔭下歇息。

我沒死，某天一股恨意萌生，跟我同時起身，走向後方的門，打開它，在我後面關上，我恨我的同胞，神靈就在眼前，而在我身處的獄穴深處，我行了比向祂禱告更好的事：我信服祂，並否認至今我曾承認過的一切。我向祂致敬！祂是力量與大能，可以被摧毀，卻無法令其改宗，祂用空洞生鏽的眼睛看著我的頭頂上空。我向祂致敬！祂是主人，唯一之主，惡毒是祂不容置疑的屬性，好主人是不存在的。這是第一次，由於一而再、再而三的受到冒犯，全身上下痛苦難當，我把整個人託付予祂，我贊同祂惡毒的命令，我崇拜祂所體現的邪惡為世界之原則。身為其國度之俘虜，在這鹽山刻出的不毛之城，這遠離自然，見不著短暫稀有的沙漠之花，免除了就連太陽或黃沙也明白的意外或溫柔，如一片詭奇孤異的雲、一陣暴烈急促的雨……總而言之，在這座轉角是直的，房間是方的，人是嚴苛的秩序之城，我自己任命自己為其滿腔仇恨與飽受折磨的公民，我背棄人家曾教給我的悠遠歷史。我被矇騙了，唯有惡毒執掌的國度無懈可擊，我被矇騙了，真理可是有稜有角、沉重又密實，無法忍受模糊地帶，善是痴人說夢，一個不斷往後拖延且令人精疲力盡的目標、一道高不可攀的極限，它的國度永無來臨之日。只有惡能達其極限並絕對主宰，要想建立指日可待的國度該服事的是惡，然後再視情況而定，然後這是什麼意思？唯有惡的存在是現在進行式，打倒歐洲、理性、還有榮譽和十字架！是的，我該改信我主人們的宗教，是的是的，我是奴隸，但若我也很壞就不再是奴隸了，縱使我的腳被拴著嘴巴也發不出聲音。啊！這炎熱把我逼瘋了，沙漠遍地在這令人忍無可忍的光線下發出尖叫，而他呢，另外那位，那個寬容的大主，光是他的名便令我作嘔，我不認他，因我現在認識他了。他做著白日夢，他想要欺騙，人家割下他的舌頭好讓他停止妖言惑眾，還用釘子釘，連頭都釘了，他那可憐的頭，就像此刻我的頭一樣，真是糊成一團，我真的好累，而且大地並未顫抖，我很確定，被殺死的並非正義之人，我拒絕相信，何來正義之人？只有惡毒主人能令絕對真理主宰當道。對，唯獨神靈有此大能，祂是世上的唯一真神，仇恨便是祂的誡命，是所有生命的泉源，是清涼的活水，清涼地如同既會凍傷嘴、還會灼燒胃的薄荷一樣。

我改變了，他們已明白了，碰見他們的時候我會親吻他們的手，我是他們的一份子，我樂此不疲地仰慕他們，信賴他們，我期望他們像使我殘缺一樣使我的同胞也殘缺。而當我得知傳教士即將到來時，就清楚自己該怎麼做了。這一天與其他日子沒有兩樣，都是從好久以前就一直持續到如今的同一個陽光刺眼的日子！傍晚時分，有個守衛突然出現，向盆地高處跑去，然後，過了幾分鐘，我就被拖到神靈之屋，被關了起來。陰暗之中，他們有個人用他的十字型佩劍威脅我，把我壓制在地，好一段時間一片沉默，直到平日安靜的城市裡有個陌生的聲音傳開來，過了好久我才聽出這些說話聲，說的正是我的語言，但只要一聽到這些人聲，守衛就會用刀尖抵住我的眼睛，一聲不響地監視著我。現在我仍能聽見當時那兩個人的說話聲愈來愈近，其中一個問道為何這屋子有人看守，報告中尉要不要破門而入，另一個簡短回答：「不要。」一會兒後再接著補充說協議已經達成，這座城接受二十名兵力進駐，條件是必須駐紮在城牆外面並遵守當地風俗。士兵笑說他們不再抗拒了，不過軍官並不確定，總之這是他們首次接受外人為孩童提供照護，而這個人將會是神父，之後我們再來處理領土的事。另一個人說，若是士兵不在他們就會把牧師那個割掉。「喔！不會，」軍官回答，「就算如此，貝弗爾神父仍會先於駐軍抵達，他再過兩天就到了。」然後我就什麼也沒聽到了，被壓在刀刃底下的我動彈不得，被嚇傻了，我好難受，有個如針似刀的輪子在我體內來回滾動。他們瘋了，他們瘋了！他們允許別人對這城市、對他們的無敵強權、對真神侵門踏戶，而另外那一個，就要到來的那一個，他不會被割去舌頭，他會拿他那囂張的善心炫耀招搖卻不必付出代價，也不用承受冒犯。惡的統治會延遲，不確定仍將持續，我們又得再次浪費時間去想望不可能的善，所有的努力都將徒勞無功，還得搞得自己精疲力盡，卻反而不去加緊實現那唯一可能之國度的降臨。我看著脅迫我的刀鋒，啊！唯一永掌世界王權的大能啊！啊！大能啊，而城市的聲響逐漸散去，門終於打開，只剩我單獨一人和神靈一起，我焦躁狂熱，心酸苦澀，我對祂發誓必定拯救我的新信仰、我的真主人、我的專制大神，發誓要徹徹底底背叛，不惜任何代價。

嘎，熱浪消退了一點，石頭停止震動，我可以從我的洞裡出來了，看沙漠換上一個又一個顏色，黃色、紅褐色，很快會變成淡紫色。昨天夜裡，我等到他們入睡，門鎖我已事先卡住了，我出門，步伐如常，繩長就是我的步距，我熟悉每一條路，我知道到哪裡取得這把老步槍、哪個出口無人看守，當夜在一小把星子四周開始褪色、沙漠更暗了一些的時刻，我來到此處。而此刻，我感覺已經蜷縮躲在這些岩石裡好多天、好多天了。快啊，快點！哎呀，他趕快來吧！再過一會兒，他們就會開始找我，他們將在四面八方各條路徑上飛奔疾行而來，他們不會知道我離開是為了他們、為了更周到地服事他們，我的雙腿虛軟無力，我陶醉在飢餓與仇恨的狂熱裡。喔！喔！在那裡，嘎，嘎，道路盡頭有兩頭駱駝愈來愈大，牠們正在快步前進，甚至已被自己的影子超越，牠們以慣有的這種輕快又漫不經心的步伐奔跑著。他們來了，終於來了！

步槍呢？快，我得趕緊上膛。神靈啊！我在那邊的神啊！願祢的大能永存，願冒犯加倍，願仇恨主掌這個遭天譴者的世界，絕不饒恕，願惡人從此做主人，願王國終將降臨，在此國度裡，黑暴君們毫無憐憫地奴役及占有，在唯一一座鹽造鐵打的城市！現在，嘎嘎射向憐憫，射向無能和它的愛，射向延宕惡來臨的一切。碰！碰！兩發，看吧他們後仰、翻落，駱駝朝地平線落荒而逃，激起大群黑鳥直衝不變的天際。我笑了，我大笑，這個傢伙在他可憎的長袍底下扭動，他微微抬起頭，看到我，是我啊，他如困獸般雙腳被綁縛的全能主人，他幹嘛對我微笑，我踩扁這個微笑！槍托打在善良臉上的聲音真是美好！今天，就在今天，一切都完成了，而沙漠四處，直至數小時之遙，狐狼們嗅著不存在的風，然後起身前行，踩著耐心的小跑步，趕赴靜待著牠們的腐屍盛宴。勝利！我向心生憐憫的天空伸出雙臂，一個紫色暗影在另一頭浮現，歐洲的夜啊，祖國啊，童年啊，為何勝利的時刻我卻在哭泣？

他動了一下，喔，不，聲音來自別處，另一邊那裡就是他們，他們飛快跑來宛如成群飛行的黑鳥，我的主人們，他們朝我衝來，抓住我，啊！啊！是的，打吧！他們害怕自己的城市被開膛破肚、鬼哭神號，他們害怕我招來的復仇士兵，但這正是這座聖城所需要的。現在開始，保衛自己吧！擊打吧！先擊打我，真理掌握在你們手中！噢！我的主人們啊，他們接下來將打敗士兵，他們將打敗話語和愛，還要沿沙漠北上，越過海洋，用他們的黑色頭巾覆蓋歐洲之光明——打在肚子上！對！打在眼睛上！——在歐洲大陸撒滿他們的鹽，所有植被、所有青春全將消逝殆盡，無聲的人群戴著腳鐐，與我同行於世界的沙漠中，在真信仰的殘酷陽光下，我將不再孤單。啊！惡啊，苦啊，他們施在我身上的惡與苦，他們的暴怒真美好，他們正在這戰鞍上把我四馬分屍，饒命啊！我大笑，我好愛把我釘在十字架上的這一擊啊。

——

沙漠是如此寧靜！入夜了，我獨自一人，我渴了。再等一會兒，城市在哪兒，這些遠方傳來的聲音，還有那些也許贏了的士兵，不行不行，就算士兵贏了，他們也不夠壞，不懂掌權，他們還會再次說起要變成更好的人，好幾百萬人還得永遠拉扯在善與惡之間，手足無措……神靈啊，為什麼離棄我？都結束了，我渴了，我的身體灼燙，我的雙眼被更漆黑的夜籠罩著。

這個長而又長的夢，我醒了，可是不然，我要死了，黎明升起，第一道曙光對其他生者而言是白日，對我則是鐵石心腸的太陽，蒼蠅。誰在說話？沒人在說話，上天沒有敞開，不，不，上帝不在沙漠講話，那這個說話聲是從哪兒來的，它說：「若你接受為仇恨和大能而死，誰來饒恕我們？」是我裡面的另一根舌頭還是仍舊不打算死掉的那個人，在我腳邊不斷重複：「鼓起勇氣，鼓起勇氣，鼓起勇氣。」啊！莫非我又弄錯了！曾經友愛弟兄的人，我的唯一救援，喔！孤獨啊，不要離棄我！這裡，就在這裡，你是誰，皮開肉綻，嘴巴淌血，是你，巫師，那些士兵擊敗了你，那邊的鹽灼烤著，我最愛的主人是你！摘下這張仇恨的臉，從今起當個善良的人吧！我們錯了，我們將重頭再來，重新建造那座憐憫之城，我要回家。對，幫助我吧，就是這樣，伸出你的手，來……」

一把鹽堵住了那個聒噪奴隸的嘴。

# 無聲的人們

儘管時序已入嚴冬，一個陽光燦爛的日子卻在一大清早即已熱絡的城市升起。堤防盡頭，海天一線，交融在同一片光芒裡。可是毅瓦爾並沒有看到。他正沿著俯瞰港口的大道費勁地騎著車。他不良於行的那條腿保持不動，擱在腳踏車固定住的踏板上，另一條腿則吃力地克服泛著夜間水氣而濕滑難行的石頭路面。座墊上的他瘦瘦小小，頭也不抬地避開廢棄的電車軌道，把車頭一甩往路邊靠，讓經過的車輛先行，手肘還不時把斐儂給他裝了午餐的側背袋往腰側推。他想著背袋裡裝的東西，心裡很不是滋味。兩片粗麵包夾的不是他喜愛的西班牙烘蛋，也不是香煎牛排，只有乳酪。

前往工廠的路從未顯得如此漫長。他也在老去。年屆四十，即使依然乾瘦如葡萄藤枝，肌肉卻不再暖得那麼快。有時讀到運動報導稱三十歲的田徑運動員為老將，他會聳聳肩，不以為然。「如果這樣叫做老將的話，」他跟斐儂說，「那我不就已經入土了。」縱使如此，他也知道記者說的並非全無道理。三十歲的人，呼吸不知不覺已逐漸變弱。確實，四十歲的人雖然還沒入土，但大老遠已提前開始做準備了。不也就是因為這樣，在通往城市另一頭的製桶工廠的路上，他早就不再看海了嗎？二十歲時，他總愛凝視大海，百看不厭，大海允諾他一個在海灘上度過的幸福週末。儘管他跛腳，又或者正因如此，他一直都熱愛游泳。然後一年一年地過去，和斐儂相遇，兒子出世，為了生計，他加班，週六在製桶工廠，週日到別人家打零工修繕。他已與這些快活舒暢、盡情揮灑的日子漸行漸遠。除了深而清澈的海水、豔陽、女孩、肉體生活之外，他的家鄉再沒有其他幸福的事了。然而這份幸福隨青春而逝。毅瓦爾繼續鍾愛著大海，但只在白日將盡，海灣水色漸深的時刻。下班後坐在家裡露臺的時光很是恬適，穿著斐儂熨得真好的乾淨襯衫，啜飲一杯冰鎮的茴香酒，他心滿意足。夜幕低垂，天空中瀰漫著一抹短暫的溫柔，和毅瓦爾聊著天的鄰居們突然放低了音量。這時的他不知自己是快樂知足，還是泫然欲泣。至少，在這些時刻，他很確定，除了靜靜等待，就沒什麼可做的了，雖然也不太知道在等待些什麼。

反倒是每個早晨去上工的時候，他已經不愛看海了，海仍忠實赴約，他卻到晚上才會再次與它相見。這天早上，他騎著車，頭垂得低低的，比平日更重，心也很沉。前一天晚上，當他從會議出來回到家，宣布返工，斐儂開心地說：「如何，老闆要幫你們加薪了？」但老闆什麼都不加，罷工失敗了。他們沒能成功地策畫操作，這一點必須承認。這場罷工僅僅因憤怒而起，工會態度消極是可以理解的。再者，為數十五名左右的工人也不算什麼，其他製桶工廠並未加入，工會也考量到了。不能過於責怪他們。製桶業受到船舶及槽車建造的威脅，景氣很不好。小木桶和波爾多木桶的製作量愈來愈少，主要還是在修補現有的超大型木桶。的確，老闆們眼見生意受到危害，無論如何仍要保持一定程度的獲利。在他們看來，最簡單的做法仍然是凍漲薪資，不管物價持續上揚的事實。製桶工廠要是消失，製桶工人能做什麼？辛辛苦苦學了一門手藝，就不會輕言改行。這一行難度很高，需要一段漫長的習藝過程。懂得調整弧形側板、善用火和鐵箍箍成幾近真空狀態而不用酒椰纖維或紗線的好製桶師傅非常之少。毅瓦爾很清楚，也為此自豪。改行不算什麼，然而放棄自己懂的、放棄專長，實非易事。擁有美好技藝卻一無所用，苦無出路，只能認命。可是認命也不是如此容易。困難的是只能閉上嘴巴，無法實質協商，每天早上還得帶著日積月累的疲憊再次踏上同一條路，只為了在一週結束時領取人家好心給你，卻愈加不敷使用的一丁點工資。

於是，他們憤怒了。原本有兩、三個人還遲疑不決，但經過與老闆最初幾次的會談後，也跟著氣憤起來。老闆確實說了，口氣強硬：要做就做，不做拉倒。男子漢大丈夫，講話不能這樣。「他想怎樣！」埃斯波西托說，「以為我們會認輸嗎？」話說回來，老闆這個傢伙並不壞。他繼承父親的事業，在工廠長大，所有的工人他幾乎都認識多年了。在工廠裡，他偶爾會請他們吃點心。大家會用刨下來的薄木片生火烤沙丁魚或血腸，若是加上兩杯黃湯下肚，他真的是個很好很親切的人。過新年時，他總會給每位工人五瓶好葡萄酒，還有，當他們有人病了，或單純碰上重要的大事，比如結婚或初領聖體禮，他也經常饋贈禮金。他的女兒出生時，所有人都拿到了慶生喜糖。他還曾邀毅瓦爾去他沿海的土地打過兩、三次獵。他喜歡手下的工人，應該錯不了，也常說起他父親同樣是學徒出身。但他從未到過他們家裡，不了解真實狀況。他只想到他自己，因為他只知道他自己，而現在演變成要做就做，不做拉倒。換句話說，現在死心眼的反而是他了。不過，他倒還有本錢可以固執。

他們對工會施壓，工廠關上了大門。「罷工糾察線的事，你們就不必費心了，」老闆說。「工廠不開工，我可以省錢。」事實並非如此，但這麼說反而是火上加油，等於劈頭就告訴工人說，給他們工作是在施捨他們。埃斯波西托怒不可遏，對他說他不是男人。對方則血氣方剛，當場還必須把兩人拉開，否則早就打起來了。工人們都被嚇到了。罷工二十天，家裡的女人愁容滿面，他們之中有兩、三個人灰心喪志，最後，工會建議他們讓步，承諾交付仲裁，並以加班形式補回罷工天數。他們決定復工。當然，是一邊假裝堅強，一邊說著事情尚未結束，還會有所行動。只是今早，有一股像是吃了敗仗的疲乏如千鈞重負，乳酪還取代了肉，他不可能再自己欺騙自己了。陽光再普照也無濟於事，大海什麼都允諾不了。毅瓦爾踩著腳踏車唯一的踏板，車輪每轉一圈，他就感覺自己又更衰老一些。一想起工廠，想到就要再次見面的伙伴和老闆，心就又更沉重了一些。斐儂很擔憂：「你們打算怎麼跟他說？」「什麼也不說。」毅瓦爾跨上他的腳踏車，搖了搖頭。他咬緊牙關，那張黝黑、爬滿皺紋但線條精緻的臉垮了下來。「就工作。這樣就夠了。」此刻的他騎著車，牙關依舊緊咬著，心中一股既辛酸又直沖沖的怒氣，令天空都為之變得陰鬱。

他離開大道，還有大海，轉進舊西班牙區的潮濕街道。這些街道通往僅由存放器具的庫房、堆積破銅爛鐵的回收廠和修車廠所組成的區域，而他們的工廠便座落於此。外觀類似廠房，牆砌半高，裝設著一路延伸至屋頂鐵皮浪板的大片玻璃。它面朝廢棄的製桶工廠，一座四邊搭建了棚子的院落，公司擴大規模後便閒置在此，現僅做為堆放舊機器和舊木桶之用。院落再過去，隔著一條舊瓦片覆蓋的過道，是老闆的庭園，庭園盡頭便是老闆的屋子。屋子雖然又大又醜，但因為上面有攀緣植物和纏繞外梯的稀疏忍冬，所以討人喜歡。

毅瓦爾旋即看見工廠的門都關著。一群工人默不作聲，站在門前。打從他在這裡工作開始，來時廠門仍然緊閉，這可是破天荒第一遭。老闆刻意為之，以儆效尤。毅瓦爾往左邊去，把腳踏車停在廠房這一側延伸出去的車棚下。他老遠就看到工作時位子在他旁邊的那個高大黝黑又多毛的傢伙埃斯波西托、長得像個假聲男高音的工會代表馬庫、工廠裡唯一的阿拉伯人薩伊德，還有所有其他人，大家都沉默不語，看著他抵達。然而在他還沒來得及加入他們時，眾人突然都轉向剛開了一道縫的工廠大門。他們的工頭巴雷斯特出現在門縫中。他打開其中一扇厚重的門，然後轉身背向工人們，慢吞吞地沿著下方的鑄鐵軌道把門推開。

所有人當中年紀最大的巴雷斯特不贊成罷工，但是當埃斯波西托說他這是在為老闆的利益效忠後，他便不再多說什麼。現在，他站在門邊，穿著海軍藍毛衣，顯得粗壯短小，他已經光著腳（他和薩伊德是唯一赤腳工作的人），用那雙淺到在曬黑的年邁臉龐上顯得沒有色彩的眼睛，看著他們魚貫進入，濃密下垂的小鬍子底下是一張哀傷的嘴巴。他們則一語不發，被這種落敗者的進場方式所羞辱，也為自己的沉默感到氣憤難當，然而沉默持續愈久，就愈無力打破。他們一一通過，沒看巴雷斯特一眼。他們知道他讓大家以這種方式進場是在執行命令，他苦悶抑鬱的神情透露了他內心的想法。毅瓦爾倒是看了看他。平時就喜歡他的巴雷斯特只是點點頭，一句話也沒說。

此刻，他們全部聚集在進門右側的窄小更衣間裡。這裡是一些由廉價木板分隔的開放隔間，木板兩邊各釘有一具帶鎖的小櫃。入口數來的最後一個隔間與廠房的牆壁相連，改成了淋浴間，下方有條就整平的泥土地面直接挖鑿出來的排水溝。廠房中央依據不同工作崗位，可以看到一些業已完成、但只鬆鬆箍著的波爾多木桶，等著以火加工箍緊，還有一些中間挖了一道狹長溝槽的粗厚工作凳（其中有些已放入了尚待刨刀打磨的圓型木材頂蓋），以及燒得焦黑的火堆。入口處的左邊是沿牆排列的工作檯，檯前疊放著成堆待刨的側板。靠著右邊牆壁，離更衣間不遠處，有兩部好好地上了油、強力並且安靜無聲的大型電鋸，正透著光芒。

相較於在此工作的這一小群人而言，廠房早已變得過大了。天氣炎熱時這是優點，到了冬季則變成缺點。而今在這個寬闊空間裡，工作停擺，木桶擱置角落，側板底端僅上了一圈鐵箍，頂端則活像開出粗大的木頭花，工作凳、工具箱和機具上堆積著木屑粉塵，在在給人一種被棄置的印象。他們現在已換上各自的老舊毛衣和褪了色又補過丁的長褲，看著這片景象，躊躇不前。巴雷斯特看著他們。「如何，」他說，「我們開始吧？」他們悶不吭聲，一個接著一個，來到各自的位子。巴雷斯特在崗位間穿梭，簡短提示哪件項目該開始、哪件要收尾。沒有一個人回應他。很快地，便傳來了第一記鐵鎚聲，打在上了鐵箍的木頭側邊，將鐵箍鎚進木桶鼓起的部位；一具刨刀刨削著木結，發出咻咻悲嘆；還有一部被埃斯波西托啟動的電鋸，在鋸齒憤怒的震天價響中開始運轉。薩伊德依據要求搬來側板，或是燃燒薄木片生起明火，用以將木桶置於火上焚烤，使桶子在箍緊的鐵箍中鼓脹起來。沒人呼喚他的時候，他就在工作檯上用鐵鎚猛力鎚打鉚釘，把生鏽的大鐵箍串接起來。整間廠房開始瀰漫著燃燒木片的氣味。毅瓦爾正在刨削調整埃斯波西托裁切的木板，他認出了這熟悉的香氣，緊繃的心情隨之放鬆了些許。所有人都沉默地工作著，然而有股暖流、有股生氣漸漸在工廠裡復甦。清透的光線穿過大片玻璃充滿了整座廠房。煙霧在金色空氣裡染成藍色。毅瓦爾甚至聽見一隻飛蟲在他身旁嗡嗡作響。

就在此時，廠房後方牆面那扇通往舊製桶工廠的門打開了，拉薩勒先生，也就是工廠老闆，就站在門檻前。他身形細瘦、黑髮，才剛滿三十歲左右。他穿著全套米色軋別丁西裝，白色襯衫前襟敞開在西裝上，他看來對自己的身體感到很自在。儘管他的面容非常削瘦，活像刀刃刻出來似的，大部分時候他卻如同大多數因從事運動而體態自若的人一般，令人心生好感。可是他跨越門檻時似乎有些尷尬。他的招呼聲不若平時洪亮，反正沒人回答。鐵鎚聲先是變得遲疑，接著有些亂了套，然後才再次此起彼落起來。拉薩勒先生躊躇不決地往前幾步，隨後朝著才跟他們工作一年的小瓦列希走去。瓦列希正站在距離毅瓦爾幾步遠的電鋸旁邊，將一只波爾多木桶的頂蓋裝上，老闆看著他操作。瓦列希悶聲不吭，繼續手中的工作。「嗯，小伙子，」拉薩勒先生說，「還好嗎？」年輕人的動作突然變得更加笨拙。他看了靠近他的埃斯波西托一眼，後者正把一堆木板架在粗壯的臂膀上，準備拿給毅瓦爾。埃斯波西托也看了看他，同時繼續他的工作，瓦列希則再次把頭伸進波爾多木桶，完全沒有回應老闆。拉薩勒有些不知如何反應，杵在年輕人面前一會兒，然後聳聳肩，轉向馬庫。馬庫跨坐在工作凳上，正以緩慢精準的動作，完成一張頂蓋邊緣的打磨。「早，馬庫，」拉薩勒用較為嚴厲的口吻說。馬庫沒有回應他，全神貫注在把木頭刨出非常輕薄的木片。「你們是怎麼回事？」拉薩勒大聲地說，同時轉向其他工人。「我們意見不合，對，可是終究得一起工作。所以有必要這樣嗎？」馬庫站起來，舉起他的頂蓋，用掌心確認圓邊，似乎十分滿意地瞇起充滿愛戀的眼睛，接著，依然一聲不吭，朝另一位正在組裝波爾多木桶的工人走去。整間工廠只聽得見鐵鎚和電鋸的聲音。「好吧，」拉薩勒說，「等你們氣消了，再叫巴雷斯特跟我說。」不疾不徐地，他離開了工廠。

幾乎馬上響起了兩聲電鈴聲，蓋過了工廠的嘈雜。才剛坐下來捲根菸的巴雷斯特拖著沉重的身軀站起來，往後方小門走去。他離開後，鐵鎚敲得不那麼使勁了，其中一位工人甚至放下了手邊的工作，然而才一停下，巴雷斯特就回來了。他站在門口，只說：「馬庫、毅瓦爾，老闆找你們。」毅瓦爾的第一個反應是去洗手，可是馬庫在他經過旁邊時一把抓住他的手臂，他便一跛一跛地跟著他去。

外面院子的光線是如此清亮似水，毅瓦爾的臉和赤裸的臂膀都感受到了。他們在已開了幾朵花的忍冬下，爬上了房子外梯。他們走進掛滿證書的長廊時，聽見了小孩的哭聲，還有拉薩勒的聲音正在說著：「午飯後你就讓她睡覺。如果還是沒好，我們就叫醫生。」接著老闆出現在長廊上，請他們進入小辦公室。他們對這間擺設著仿鄉村風傢俱、牆上裝飾著運動獎盃的小辦公室並不陌生。「坐，」拉薩勒一邊說，一邊在他的辦公桌後面坐下。他們還是站著。「我請你們來是因為您，馬庫，是工會代表，而你，毅瓦爾，是我除了巴雷斯特之外最資深的員工。我不想重啟討論，因為現在討論已經結束了，我也完全無法給出你們所要求的。事情已經解決了，我們得到的結論是必須復工。我看得出來你們在責怪我，這讓我很不好過，我這樣跟你們說，因為這就是我的感受。我只想補充一句：今天我不能做的，等營業情況好轉，或許就能做。如果我能做，甚至不等你們開口，我就會去做。在那之前，我們就試著和平共處，一起努力吧。」他停頓了一下，似乎在思考什麼，然後抬起眼睛望向他們。「如何？」他說。馬庫看著外面。毅瓦爾咬緊牙根，想說些什麼，卻說不出來。「聽我說，」拉薩勒說，「你們現在都陷在自己的立場裡。會過去的。只是等你們通情達理的時候，別忘了我剛才跟你們說的。」他起身，走向馬庫，向他伸出手。「掰掰！」他說。馬庫的臉色瞬間發白，他那張抒情男歌手的臉龐一沉，變得冷峻起來，下一秒更浮現出敵意。隨後他猛然轉身，掉頭而去。拉薩勒的臉色同樣蒼白，看著毅瓦爾，但沒有伸出手。「你們都給我滾開！」他大喊。

他們回到工廠時，工人們正在午餐。巴雷斯特出去了。馬庫只說了句：「滿口空話。」就回到自己的位子上。啃著麵包的埃斯波西托停了下來，問他們是怎麼回的。毅瓦爾說他們什麼也沒回。接著，毅瓦爾先去拿了他的背袋，又坐回他的工作凳上。他才剛開始用餐，就瞥見離他不遠的薩伊德正躺在一堆薄木片上，一臉茫然地望向此刻因天色轉暗而呈藍色的大片玻璃。毅瓦爾問他是不是已經吃飽了。薩伊德回答吃了無花果。正在進食的毅瓦爾停了下來。和拉薩勒會面後便一直持續的不安情緒頓時消失無蹤，取而代之的只有一股溫暖的熱情。他邊站起來邊擘開自己的麵包，面對薩伊德的婉拒，他只說下星期一切都會好轉的。「到時候換你請我，」他說。薩伊德笑了。他這會兒啃著毅瓦爾分給他的一點三明治，但只小口輕啄，彷彿一個不餓的人。

埃斯波西托拿出一只舊鍋，用刨下的薄木片和木頭升起小火，把他裝在瓶裡帶來的咖啡加熱。他說咖啡是免費送給工廠的，是他買東西的雜貨店老闆聽到罷工失敗後為他準備的。一只空芥末瓶在眾人手中輪流傳遞著；每一次，埃斯波西托都會再次倒入已經加了糖的咖啡。薩伊德大口喝著，比吃東西時還要享受。埃斯波西托直接以口就鍋把殘餘的咖啡喝光，熱鍋燙得他一邊打著舌頭還一邊咒罵。就在此時，巴雷斯特進來宣布休息結束，繼續工作。

當他們起身把紙和餐具收進背袋時，巴雷斯特來到他們之中，突然說道：這對大家都很艱難，對他也是，但不能因此就表現得像小孩一樣，賭氣是毫無用處的。埃斯波西托厚實的長臉瞬間漲紅起來，手上握著鍋子，轉身朝向他。毅瓦爾知道他打算說什麼，也知道所有人這時候想的都和他一樣：他們並非賭氣，而是被人封住了嘴巴，不是要做就做，不做拉倒嗎？而憤怒與無力感有時真讓人痛到連叫都叫不出來。他們可是男子漢大丈夫，就是這樣，總不能陪起笑臉，還承歡獻媚吧。可是這些埃斯波西托都沒說，他的面孔終究放鬆了下來，他輕輕拍了拍巴雷斯特的肩膀，眾人又返回各自的工作崗位。鐵鎚聲再次響起，偌大廠房裡又充滿了熟悉的嘈雜聲，以及木片與老舊衣物被汗水浸濕的味道。大型電鋸隆隆作響，切進埃斯波西托正緩慢向前推進的新鮮原木側板。潮濕的木屑自裁切處向外四散飛濺，那雙毛茸茸的大手牢牢抓著怒吼的鋸齒兩邊的木料，手上滿布麵包粉般的木屑。木板裁切完成後，就只剩下馬達的聲音還聽得見了。

彎腰操作刨刀的毅瓦爾此刻感覺背在痠痛。他通常要更晚才會開始疲勞的。停工的這幾週缺乏訓練，可想而知。但他也想到年齡因素使得從事體力活是愈來愈辛苦了，這工作要求的不單純是精準而已。腰痠背痛也在向他宣告著遲暮之年的到來。一份工作只要有用到肌肉的地方，遲早會受到詛咒，帶來死亡，在竭盡全力後的夜晚，進入夢鄉正如同踏入死亡。他家的小男生想當小學老師是對的，對體力勞動大放厥詞的人根本不知道自己在說什麼。

正當毅瓦爾站直身體好喘口氣，並趕走這些負面念頭的當兒，鈴聲再次大作。這一次持續作響，方式相當不尋常，短暫停頓與急切鈴響穿插，工人們停下了手中的工作。巴雷斯特側耳傾聽，吃驚錯愕，隨後拿定主意，緩步來到門前。在他消失了幾秒鐘之後，鈴聲才終於停止。工人們重拾工作。再一次，門又猛然開啟，巴雷斯特奔向更衣室。待他再次出現，腳已穿上了草底布鞋，還一邊套上外套，經過毅瓦爾身旁時對他說：「那孩子有緊急狀況。我去找傑曼。」然後他衝向大門。傑曼醫生是工廠的醫生，住在市郊。毅瓦爾不帶評論地轉述了這個消息。大家圍著他，面面相覷，尷尬不安。全場只剩下電鋸馬達空轉的聲音。「可能沒事吧，」其中一人說。他們回到位子上，工廠再度被嘈雜聲填滿，只是他們的動作慢吞吞的，好像在等待著什麼。

一刻鐘後，巴雷斯特再次進來，放下他的外套，又一語不發地從小門出去。映照在大片玻璃上的光線變得微弱。過了一會兒，在電鋸停下來的空檔，傳來了救護車悶悶的鳴笛聲，起初遙遠，隨後接近，直到抵達現場，現已安靜無聲。一段時間之後，巴雷斯特回來了，所有人都往他靠過去。埃斯波西托關掉了馬達。巴雷斯特述說小孩在她房間寬衣時忽然倒地，就好像秧苗被從根部一刀砍斷，軟趴趴地落下一樣。「怎麼會這樣！」馬庫說。巴雷斯特點點頭，朝廠內隱約比了個動作，但他看來震驚失措。救護車的鳴笛聲再次響起。他們都在那裡，在靜默的工廠裡，在穿透大片玻璃滔滔流瀉的黃光裡，粗糙的大手順著滿是木屑的舊長褲邊無力地垂落。

剩餘的午後時光漫無盡頭。毅瓦爾唯一還能感覺到的只有自己的疲憊和依然揪著的一顆心。他好想說些什麼，偏偏他無話可說，其他人也一樣。他們不輕易吐露感情的臉龐僅僅透露出哀傷和某種固執。有時不幸這個詞在他心中浮現，然而幾未成形，如一生成隨即破滅的泡泡，稍縱即逝。他想回家，回到斐儂和孩子身邊，還有回到露臺上。正好，巴雷斯特宣布關門收工。機器都停止了運轉。慢條斯理地，他們開始熄滅火苗，整理位子，接著陸陸續續來到更衣間。薩伊德待到最後，他必須打掃工作環境，還要清洗地上的灰塵。當毅瓦爾來到更衣間時，高大魁梧又渾身是毛的埃斯波西托已經在沖澡了。他背向他們，大聲地塗抹肥皂。大家通常會拿他的靦腆開玩笑。的確，這個虎背熊腰的大塊頭總是固執地遮掩自己的私處不讓人看見。然而這天似乎沒人多加注意。埃斯波西托從淋浴間倒退出來，把毛巾圍繞在腰間。換其他人輪流沖澡。正當馬庫使勁拍打著他裸裎的腰際時，傳來了大門的鑄鐵滑輪緩緩滾動的聲響。拉薩勒走了進來。

他的穿著與上午第一次來時一樣，但是頭髮有些凌亂。他在門檻處停步，注視著空無一人的偌大工廠，又往前幾步，再度停下，看向更衣室。依然裹著毛巾的埃斯波西托轉身面向他。他因赤裸而發窘，身體在兩腳之間輕微擺晃。毅瓦爾認為馬庫應該說點什麼才對。可是馬庫隱身在淋浴間的水幕後頭。就在埃斯波西托抓起一件襯衫急忙穿上時，拉薩勒開了口，聲音些許淡漠地說了聲「晚安」，隨即往小門走去。等毅瓦爾想起應當要叫他留步時，門已關上了。

毅瓦爾沒洗澡就換好了裝，他也道了晚安，用的是全心全意，而大夥兒也以同樣的暖意回應。他迅速出去，找到了他的腳踏車，跨坐上去，筋骨痠痛也回來了。現在，他在近晚的下午騎著車，穿越擁擠的城市。他騎得很快，想趕緊回到他的舊房子和露臺上。他打算先在洗衣間洗個澡，然後就去坐著看海。此刻，在大道斜坡的上方，這片海已然伴隨在他的身旁，比早晨更加湛藍。可是那個小女孩也一樣伴隨著他的思緒，他無法不去想她。

回到家，小男生已經放學回來，正在讀著畫報。斐儂探問毅瓦爾這一天是否一切順利。他什麼也沒說，在洗衣間洗過澡後，便在靠著露臺矮牆的長凳上坐下。補過的衣物掛在他的頭頂，天空變得澄澈。牆的另一邊，可以看見向晚溫柔恬靜的大海。斐儂端來茴香酒、兩只玻璃杯，還有一陶壺的冰水。她在丈夫身邊坐下。他一邊向她述說，一五一十地，一邊握著她的手，就像新婚時一樣。語畢，他靜靜坐著，面向大海，倏然降臨的黃昏已由地平線的此端延展到了彼端。「哎，都是他的錯！」他說。要是自己仍然年輕，斐儂依舊青春，他們應該已經離開，到了大海的另一邊。

# 主／客

小學老師看著兩個男人朝他這邊上來。一個騎馬，另一個步行。小學建於丘陵山坡上，而他們尚未登上通往小學的陡峭山徑。在廣袤荒涼的高原上，在雪地裡、石塊間，他們吃力地緩步前行。不時可見馬兒腳步不穩打滑。尚且還聽不見馬的聲音，但已可目視到從牠鼻孔噴出的熱氣。兩個男人中，至少有一位熟悉本地。他們循著路徑走，儘管多日以來路跡已隱沒於一層白白髒髒的積雪之下。小學老師估量他們半小時內到不了山上。天氣很冷。他進學校去拿件毛衣。

他穿過空而冰冷的教室。黑板上是四條法國河流，用四種不同顏色的粉筆畫的，分別流向各自的出海口已經三天了。歷經八個月乾旱，中間沒有下過雨，十月中旬卻猛然下起大雪，那二十位左右散居高原各村落的學生就沒來上課了。必須等到好天氣回來。達穆只暖了做為他住所的唯一一間房間，房間與教室相連，一樣門朝東方高原。另有一扇窗，和教室的窗同樣面向南方。在這一邊，學校距高原朝南開始下降之處僅有幾公里之遙。天氣晴朗的時候，可以眺望整片屏障般的紫色山麓，沙漠之門正於此開啟。

待身子稍暖，達穆回到最初看見兩名男子的窗前。已然不見他們的身影。這意味著他們開始攀上坡了。前一天夜裡，雪停了，天色沒那麼暗。早晨在一片灰撲撲的光線中展開，雲幕逐漸升高，光線卻幾未更加明亮。到了下午兩點鐘，還會以為才剛破曉。縱使如此，也比過去這三天的情況來得好。這三天裡，濃密的雪下在漫無止盡的黑暗中，伴隨著風向驟變、吹打著教室雙層門的小型狂風。達穆會在他的房裡耐心等上好幾個小時，唯有去棚下照料雞隻和拿囤積的柴炭時才會出去。好在暴風雪來臨前兩天，來自北邊最近的村莊塔及得的麵包車已經把補給送來了。四十八小時後它會再來。

再者，政府留給他儲備以便分發給那些來自乾旱受災戶學童的小麥，一袋一袋地堆滿了小房間，足夠他抵擋一次攻城戰了。事實上，所有的學生都在受苦，因為所有的學生都很貧寒。達穆每天都會發放一份配額給孩子們。他非常清楚，這些天氣惡劣的日子，他們就少了這份配糧。或許今晚其中一位父親或兄長會過來，他便能為他們補給穀物。總得度過青黃不接的時期。現在船舶從法國載運小麥過來，最嚴峻的狀況已經過去。就算這樣，也很難叫人忘卻這般民不聊生，一整群衣衫襤褸、骨瘦如柴的生靈遊走在大太陽底下，高原月復一月被燒成炭黑，大地一點一滴乾癟瑟縮，名副其實呈現烤焦狀態，每顆石塊都在腳下粉碎為塵埃。此番景況下，羊隻數以千計地死去，還有幾個人，這裡一個、那裡一個，卻不總是為人所知。

如此的困苦當前，他幾如僧侶，在這偏遠的學校離群索居，簞食瓢飲，日子艱苦，卻不改其樂，在他粗塗灰泥的四壁、狹窄的躺椅、廉價的木頭層架、那口水井以及每週補給的水與食物之間，他感覺自己像個領主。然而，毫無預兆，也未經雨水滋潤，突然就降下了這場雪。這片土地正是如此，縱使毫無人跡，生存條件即已嚴苛殘酷，而人的存在卻未帶來任何改善。可是達穆在此出生。除此之外的任何地方，他都感到被放逐。

他出了門，在學校前面的空地上前行。那兩個男人現已爬到了山腰。他認出了策馬的人，是他認識很久的老憲警巴勒杜奇。巴勒杜奇用繩子拉著一個阿拉伯人，阿拉伯人走在後面，手被綑綁著，額頭垂得低低的。憲警揮揮手打招呼，可是達穆沒有回應，他正全神貫注地看著那名身著一件褪色的藍色長袍，腳上穿著涼鞋，但套著米灰色粗羊毛襪，頭上纏著一條窄短頭巾的阿拉伯人。他們逐漸接近。為了不傷到阿拉伯人，巴勒杜奇讓馬保持慢步，兩人緩慢地前進。

到了聲音可及的距離，巴勒杜奇高聲大喊：「從埃拉默過來三公里，走了一個小時！」達穆沒有答話。穿著厚毛衣而顯得身短肩闊的他看著兩人爬升。阿拉伯人的頭一次也沒抬起來過。「你們好啊，」當他們出現在空地時達穆說道。「進來暖暖身子吧。」巴勒杜奇吃力地下馬，仍抓著繩子不放。短刺小鬍子下的嘴朝小學老師露出微笑。在他曬黑的額頭下有雙眼窩深邃的深色小眼睛，嘴巴周圍滿布皺紋，給人一種專注認真的感覺。達穆拾起韁繩，把馬牽往棚子，再回到此刻已在學校裡等他的兩個男人那邊。他領他們進入他的房間。

「我去暖暖教室，」他說。「我們在那裡會比較舒服。」當他再次回到房間時，巴勒杜奇坐在躺椅上。他已解開將他與阿拉伯人繫在一起的繩子，後者則靠近火爐蹲著。他的手仍被綑綁著，頭巾已推到後腦勺，正看向窗戶。達穆一開始只注意到他那飽滿平滑、幾如黑人的肥厚嘴唇。他的鼻梁直挺挺的，深色的眼睛充滿了狂熱。一片令他顯得執拗的額頭露在頭巾外，長期曝曬但因寒冷而少了些許血色的皮膚下，是一臉既不安又桀驁不馴的神情。當阿拉伯人面向達穆並直視他的雙眼時，那神情令他震驚。「到隔壁去吧，」小學老師說，「我來給你們煮薄荷茶。」「謝謝，」巴勒杜奇說。「真是件苦差事！真希望趕快退休。」然後他用阿拉伯語對著他的囚犯說：「你，過來。」阿拉伯人站了起來，手腕併在身前，慢慢走進教室裡去。

達穆端了茶來，也拿來了一把椅子。倒是巴勒杜奇已然高坐於第一張學生課桌上，阿拉伯人則靠著老師的講臺蹲著，面向放在辦公桌和窗戶中間的火爐。達穆把茶遞給囚犯時，面對他被綁著的手，遲疑了一下。「應該可以解開他吧。」「當然可以。」巴勒杜奇說，「這是為了來這兒才綁的。」他作勢起身。可是達穆把杯子放在地上，已經在阿拉伯人身邊跪了下來。後者什麼也沒說，以他那雙狂熱的眼睛看著達穆動作。手鬆綁了之後，他先把兩隻腫脹的手腕互相搓揉，再拿起那杯茶，小口小口地喝下滾燙的茶湯。

「那麼，」達穆說，「你們這樣是要去哪兒？」

巴勒杜奇把小鬍子從茶水移開：「就是這裡，孩子。」

「真沒見過這樣的學生！你們要在這兒過夜？」

「不。我要回埃拉默。你呢，你把這位老兄押送到丁吉特。那邊[1]在等他。」

巴勒杜奇帶著一抹友善的淡淡微笑，看著達穆。

「你在說什麼，」小學老師說。「你開我玩笑？」

「沒有，孩子。這是命令。」

「命令？我又不是……」達穆猶豫了一下。他不想傷這位老柯西嘉人的感

1 原文為 la commune mixte，指的是法國於阿爾及利亞殖民時期的一種行政區類型，這類行政區的居民主要為阿爾及利亞本地人，僅有少數為歐裔。

情。「我是說，我又不是做這工作的。」

「喂！這是什麼意思？戰爭時期什麼工作都得做。」

「這樣的話，我就等著宣布開戰！」

巴勒杜奇點頭表示同意。

「好吧。可是命令下來了，你也無法置身事外。聽說外頭在蠢蠢欲動，傳聞很快就要叛變了。某個角度來說，我們都被動員了。」

達穆仍然一臉固執。

「你聽我說，孩子。」巴勒杜奇說。「我很喜歡你，可是你必須了解。我們在埃拉默大約有十二個人得巡邏一個小縣的範圍，我非回去不可。我被告知把這位仁兄託付給你，然後馬上折返。我們沒辦法把他留在那裡。他村裡的人在騷動了，要把他奪回去。你必須在明天白天帶他到丁吉特去。二十公里左右的路程對你這樣的壯漢不過是小事一樁。之後就沒事了。你就能再回到你的學生身邊，過好日子去了。」

牆後傳來那匹馬甩頭噴氣和以蹄踏地的聲音。達穆看著窗外。天色終於決意亮了起來，光線在積雪的高原上開展。待所有積雪融化，太陽又會重新主宰，再次將這些石頭田烤成焦黑。再一次，日復一日，不變的天際又將在這片遺世獨立、杳無人煙的廣漠疆域之上，傾盆而瀉它那嚴酷的天光。

「到底，」他邊轉向巴勒杜奇邊說：「他做了什麼？」沒等憲警開口，他又問道：「他會說法語嗎？」

「不會，一句都不會。我們找他找了一個月，但是他們把他藏匿起來了。他殺了他的親戚。」

「他是反我們的嗎？」

「我想沒有。但是誰知道呢。」

「他為什麼殺人？」

「我想應該是家族糾紛。一個人欠了另一個人穀物，聽說是這樣。實際情形不太清楚。總之，簡單地說，他拿鐮刀把親戚一刀給殺死了。你知道的，跟殺羊一樣，嚓……」

巴勒杜奇比了比刀刃劃過喉嚨的手勢。阿拉伯人的注意力被吸引，似乎憂心忡忡地看著他。達穆突然感到一股憤怒襲來，他氣這個人、氣所有的人和他們可憎的惡毒、氣他們永不疲乏的仇恨，以及他們的嗜殺成性。

然而此時爐上水壺的水開了。他再度為巴勒杜奇倒了茶，遲疑片刻，然後再次倒茶給阿拉伯人，後者又再一次急切地喝下。他舉起的手臂讓長袍開了個縫，小學老師看見他削瘦結實的胸膛。

「謝謝你，小伙子，」巴勒杜奇說。「現在我得走了。」

他起身走向阿拉伯人，同時從口袋中拉出一條細繩。

「你這是做什麼？」達穆冷冷地問。

巴勒杜奇愣了一下，把繩子給他看。

「沒有必要。」

老憲警猶豫不定：

「隨你的便。不用說，你有武器吧？」

「我有獵槍。」

「在哪兒？」

「在箱子裡。」

「你應該要把它放在床旁邊。」

「為什麼？我又沒什麼好怕的。」

「你瘋了，孩子。如果他們起來反抗，沒人受到保障，我們都在同一條船上。」

「我會保衛自己。我有足夠時間看著他們過來。」

巴勒杜奇笑了起來，小鬍子倏地遮住了他潔白的牙齒。

「你有足夠的時間？好。這就是我之前說的。你一直有點瘋瘋癲癲的。我就是因為這樣喜歡你，我兒子以前就是這樣。」

他掏出他的手槍，放在辦公桌上。

「留著吧，我從這裡到埃拉默用不著兩把武器。」

手槍在漆成黑色的桌子上閃閃發亮。憲警轉身面向他時，小學老師聞到了他身上的皮革與馬匹的氣味。

「巴勒杜奇，你聽我說，」達穆突然說道，「所有這些都讓我作嘔，尤其是你帶來的這個傢伙。可是我不會押送他。要我打仗，可以，有必要的話。但是這件事我不做。」

老憲警站在他面前，嚴厲地注視著他。

「你這是在做蠢事。」他慢慢地說。「我也是，我也不喜歡這樣。把人用繩子綁起來，就算做了很多年，還是習慣不了，甚至還會覺得羞愧，對。可是也不能任由他們胡來。」

「我不會押送他的，」達穆重申。

「孩子，這是命令。我再說一次。」

「你說了算。把我跟你說的對他們複述一遍：我不會押送他的。」

巴勒杜奇顯然在努力思考。他看著阿拉伯人和達穆。最後終於拿定主意。

「不。我什麼都不會對他們說。如果你要拋下我們，請便，我不會舉發你。我接到命令押送這名囚犯，我就照做。你現在幫我簽這張單子。」

「沒有必要。我不會否認你把囚犯留在我這兒的。」

「別跟我過不去。我知道你會說實話。你是這裡人，是個男子漢。但你得簽字，規定就是這樣。」

達穆打開抽屜，拿出一小方瓶的紫色墨水，和用來抄寫字體範例、裝著士官長牌[2]筆尖的紅色木頭筆桿，簽下名字。憲警將文件仔細摺好，放進皮夾。然後朝門口走去。

「我送你。」達穆說道。

「不必。」巴勒杜奇說。「沒必要客氣。你侮辱了我。」

他看了一眼還在原地動也不動的阿拉伯人，神情哀傷地吸了吸鼻子，然後轉身向門：「再見了，孩子。」他說。門在他後面發出砰的一聲。巴勒杜奇出

2 Sergent-Major，是一種金屬鋼筆筆尖的牌子，十九世紀至二十世紀中期之間廣泛使用於法國小學。

現在窗前，隨後消失。雪地掩住了他的腳步聲。馬兒在隔板後頭躁動不安，雞隻受到驚嚇一陣慌亂。過了一會兒，巴勒杜奇用韁繩拉著馬，再次經過窗前。他頭也不回地往陡徑走去，他先不見跡影，接著是馬。可以聽見有顆大石頭疲軟無力地滾動。達穆回到阿拉伯人那邊，後者仍在原處不動，可是視線一直跟隨著他。「等等，」小學老師用阿拉伯文說，隨後走向房間。正要跨越門檻的當下，他改變了主意，朝辦公桌走去，拿起手槍，放進口袋。接著，他沒有轉身，進了房間。

好長一會兒，他癱在躺椅上，看著天空漸漸暗下來，聽著萬籟俱寂。戰後，在他剛來的頭幾天，令他覺得難受的正是這片死寂。他早先申請了一個小城的職缺，就在分隔高原與沙漠的山巒腳下。那裡有著石頭岩壁，北面是綠色與黑色、南面是粉紅和粉紫，標記著永恆夏日之邊境。他被指派到了一個比較偏北、就在高原上的職位。起初，在這片草木不生，僅有石頭以之為家的土地上，孤單和沉寂曾令他很不好受。有時候，地上的犁溝讓人誤以為有作物耕種，然而它們是被挖來開採某種適用於建築工事的石頭。於此耕耘，收穫唯有碎石。其他時候，人們會刮集沉積在低窪處的些許土屑，做為村落裡貧瘠的花園施肥之用。就是這樣，單是石頭便覆蓋了這個國度四分之三的面積。城市在此誕生、閃耀，然後消失；人們由此路過、相愛或是割斷彼此的頸子，然後死去。這片荒漠裡，任何人，包括他或他的客人，什麼也不是。然而，出了這片荒漠，達穆很清楚，無論他抑或他的客人，都無法真正地活著。

他起身時，沒有任何聲響從教室傳來。光想到阿拉伯人可能已經逃跑，自己又再獨自一人而無需做出任何決定，他便由衷感到欣喜，而這令他很是吃驚。可是囚犯還在。他只是整個人在火爐和辦公桌中間躺了下來。他的眼睛睜著，看著天花板。在這樣的姿勢下，那雙肥厚的嘴唇尤其明顯，令他看來像是在賭氣。「來，」達穆說。阿拉伯人站起來跟著他。在房間裡，小學老師對他指了指桌旁窗下的一把椅子。阿拉伯人坐了下來，仍然注視著達穆。

「你餓了嗎？」

「餓了。」囚犯說。

達穆擺好兩份餐具。他拿麵粉和油，在盤子裡揉出一張餅，然後點燃使用罐裝瓦斯的小型瓦斯爐。烤餅的同時，他去外面棚子取來了乳酪、幾顆蛋、一點椰棗和煉乳。餅烤好後，他把餅擱在窗臺上放涼，熱了加水稀釋的煉乳，最後打蛋做成煎蛋。在他進行著這些動作的時候，碰觸到沉到右邊口袋深處的手槍。他放下碗，進入教室，把槍放進辦公桌抽屜。當他回到房間時，夜幕已降。他開了燈，幫阿拉伯人盛了晚餐，「吃吧，」他說。對方拿起一塊餅，急忙往嘴裡送，然後停下動作。

「那你呢？」他說。

「你先吃。我也會吃。」

阿拉伯人的厚脣微微張開，遲疑著，然後毅然決然啃起餅來。

用完餐，阿拉伯人看著小學老師。

「你是法官？」

「不是，我只看守你到明天。」

「你為什麼跟我一起吃？」

「我餓了。」

對方不再說話。達穆起身出去。他從棚子拿來一張行軍床，在桌子和火爐中間打開床，與他自己的床成直角。他從擺在房間一隅的一只充當檔案架的大行李箱裡拿出兩張毯子，鋪在行軍床上。一切打點妥當，他無事可做，便在自己的床上坐了下來。已經沒什麼好做或好準備的了。只得直視這個男人了。所以他就看著對方，試著想像這張臉被暴怒襲捲的模樣。但他做不到。他只看見一個既陰鬱又炯然的眼神，還有動物般的嘴巴。

「你為什麼殺他？」他說道，連他自己都被聲音裡的敵意嚇了一跳。

阿拉伯人把目光移開。

「他逃跑了。我跑去追他。」

他抬眼看向達穆，眼裡充滿一種悲傷的困惑。

「他們現在要對我怎麼樣？」

「你害怕嗎？」

對方變得神情緊繃，眼睛轉向別處。

「你後悔嗎？」

阿拉伯人嘴巴開開看著他。顯然他沒有聽懂。達穆愈來愈惱火。與此同時，他那龐大的身軀卡在兩張床中間，讓他感到彆扭侷促。

「你睡這裡。」他不耐煩地說。「這張床是你的。」

阿拉伯人沒有反應。他叫喚達穆。

「喂！」

小學老師看著他。

「憲警明天會再來嗎？」

「我不知道。」

「你會跟我們一起來嗎？」

「我不知道。為什麼這麼問？」

囚犯起身，直接躺在毯子上，腳朝向窗戶。電燈泡的光線直直射入他的眼睛，他即刻把眼睛闔上。

「為什麼這麼問？」達穆杵在床前，又問了一次。

阿拉伯人在刺眼的燈光下睜開眼睛看著他，眼皮很努力地不眨動。

「跟我們一起來。」他說。

——

大半夜了，達穆還是沒睡著。他習慣裸睡，脫光了全身衣服才上床。然而當他一絲不掛身處房內時，他卻遲疑了。他覺得自己很脆弱，動了穿回衣服的念頭。然後他聳聳肩，不以為意。他不是沒看過這種人，必要的話，他會把對手折成兩半。從他的床上看過去，可以觀察阿拉伯人：阿拉伯人平躺著，依舊動也不動，眼睛在刺眼的燈光下緊閉著。達穆關上燈時，黑暗有如瞬間凍結。

一點一點地，窗外的夜又活了起來，沒有星子的天空緩慢輕柔地擺動著。小學老師很快就辨識出來躺在他面前的那具身軀。阿拉伯人仍然動也不動，但是眼睛似乎是睜開的。一陣微風在學校四周徘徊。或許它將把雲層吹散，太陽會再次現身。

夜裡，風勢增強了。雞隻有些騷動不安，然後安靜了下來。阿拉伯人翻身側躺，背向達穆，達穆覺得聽見了阿拉伯人在呻吟。接著他側耳窺探他的呼吸，變得更沉也更規律了。他傾聽這道近在咫尺的氣息，想東想西，無法入眠。在這個他獨自睡了一年的房間，此人的出現令他感到不自在。然而讓他不自在的不只如此，也因為此人的存在把某種手足之情強加在他身上，一種他在當前的情況下拒絕接受，卻非常熟悉的情感：同室共寢的男人，士兵也好，囚犯也罷，彼此之間會牽起一道奇妙的連繫，彷彿每個夜晚，在卸下了盔甲與衣物之後，他們超越了彼此的歧異，在睡夢與疲憊的古老共同體裡再次相聚。可是達穆搖了搖自己，他不喜歡這些胡說八道，實在該睡了。

然而，又過了一會兒，小學老師依然尚未入眠，這時阿拉伯人微微地動了一下。當囚犯有了第二個動作時，小學老師全身繃緊，提高警戒。阿拉伯人以一種幾近夢遊的姿勢，徐徐地用手臂把自己撐起來。他坐在床沿，紋絲不動，等了半晌，沒有把頭轉向達穆，好似聚精會神在傾聽什麼。達穆一動也不動。他剛想起槍還留在辦公桌的抽屜裡。最好馬上行動。即使如此，他仍然持續觀察囚犯，後者以同樣的流暢動作，把腳放到地上，又等了一會兒，開始緩緩起身。達穆正要叫住他，阿拉伯人就走了起來，這次姿態自若，卻極其安靜。他朝後方通往棚子的那扇門走去。他小心翼翼地轉開門閂，走出去時還把門推回去，但是並未把門關上。整個過程達穆都沒有動：「他要逃走了，」他只是這麼想著。「逃走了最好！」他依然拉長耳朵仔細聽著。雞隻沒有動靜，所以那人一定是在高原上。這時一陣微弱水聲傳入他的耳際，起先他還沒意會到那是什麼，等阿拉伯人再次進門，躡手躡腳把門關上，又一聲不響躺回床上，他才恍然大悟。於是達穆轉過身，睡著了。又再更晚些，沉睡中的他似乎聽見學校四周有窸窸窣窣的腳步聲。「我在做夢，我在做夢！」他反覆告訴自己。然後繼續睡去。

他醒來時，天空已然萬里無雲。從關不緊的窗戶邊吹入一道冷冽純淨的空氣。阿拉伯人還在睡覺，他此刻蜷縮在毯子裡，嘴巴張開著，全然放鬆。然而當達穆搖喚他時，他猛然驚醒，用發狂的雙眼看著達穆卻沒認出他來，他的神情顯得如此擔驚受怕，讓小學老師往後倒退了一步。「不要怕。是我。該吃飯了。」阿拉伯人甩甩頭，應聲說好。他的臉龐再次歸於平靜，表情卻依然失神恍惚。

咖啡煮好了。兩個人都坐在行軍床上，一邊喝著咖啡，一邊啃著各自的餅。隨後達穆領阿拉伯人到棚下，指給他看用來梳洗的水龍頭。他回到房間，摺好毯子、收起行軍床，也把自己的床鋪好，把房間收拾整齊。隨後他穿過學校，走到外面的平臺上。太陽已在藍天中升起。溫柔明亮的光線漫溢在寂寥的高原上。陡徑上的雪一處一處正在融化。石頭又將重見天日。小學老師蹲在高原邊際，凝視著這片蕭然荒漠。他想著巴勒杜奇。他傷了他的感情，某種程度上等於是把他請走了，好像不願和他在同一條船上共患難一樣。他還能聽見老憲警的訣別，也不知為何，覺得自己莫名地空虛和脆弱。就在此時，學校另一頭的阿拉伯人咳了幾聲。達穆幾乎不由自主地聽他咳嗽，接著怒火中燒，把一顆石頭丟出去，石頭在空中咻地一聲，隨後沒入雪中。這男人愚蠢的罪行令他無法接受，然而押解他卻違背了名譽，光想就令他感到極度羞辱。而他咒罵自己人送這個阿拉伯人來他這兒，也怨恨此人有膽殺人卻不知逃跑。達穆站起身，在平臺上轉著圈，等了一會兒，一動也不動，然後進入校內。

阿拉伯人正在棚子的水泥地上彎著腰，用兩隻手指清潔牙齒。達穆看著他，然後說：「來。」

他走在囚犯前面進入房間。他在毛衣外面套上一件獵裝外套、穿上走路鞋。他站著等阿拉伯人纏上頭巾、穿上涼鞋。他們穿過學校後，小學老師對他的同伴指了指出口。「去吧。」他說。對方沒有任何反應。「我馬上來，」達穆說。阿拉伯人走了出去。達穆回到房間，包了一包乾麵包片、椰棗和糖。到了教室，在走出去之前，他在辦公桌前躊躇了片刻，然後跨出學校入口，把門扣上。「往這邊，」他說。他向東走，囚犯尾隨在後。可是，在距離學校還非常近的地方，他好像聽見後頭有個細微的聲響。他往回折返，仔細巡了房子周遭，一個人影也沒有。阿拉伯人看著他的舉動，一頭霧水。「我們走吧，」達穆說。

他們步行了一個小時，在緊鄰某個石灰岩柱狀的地方休息。雪融化得愈來愈快，太陽也隨即吸乾灘灘融雪，迅速把高原清理乾淨，高原漸漸乾燥，如同空氣一般在振動著。他們再次上路時，地面在他們的腳步下回響。時不時，一隻飛鳥帶著歡快的叫聲劃破他們前面的空間。達穆大口深吸，縱飲著清亮天光。這片熟悉的廣袤無垠，在藍色穹蒼底下此刻幾已全呈黃色，在它之前，他心中湧出一種喜悅激動之感。他們往南行，又走了一個小時，來到一片由易碎岩石所構成的平坦高臺。自此，高原向下傾斜：往東，它降至一片可見幾棵細瘦樹木的低矮平原；往南，則朝向使地景崎嶇起伏的成群岩石堆。

達穆仔細審視了這兩個方向。舉目所及只有天空，毫無人蹤。他轉向阿拉伯人，後者不解地看著他。達穆遞給他一包東西，「拿著，」他說。「這裡有椰棗、麵包和糖。你可以撐個兩天。還有一千法郎[3]。」阿拉伯人接過包裹和錢，但拿滿東西的手停在胸部的高度，好像不曉得該拿人家給他的東西怎麼辦。「現在你看。」小學老師說，然後對他指著東邊的方向。「這是往丁吉特的路。走兩個小時會到。丁吉特有行政機關和警察局。他們在等你。」阿拉伯人看向東方，包裹和錢仍然捺在胸前。達穆抓著他的手臂，粗魯地把他轉了九十度面向南方。在他們所站高處的下方，隱約可見一條不甚明顯的小徑。「這一條，是穿越高原的路徑。距離這裡一天的腳程，你就會看到放牧地區和第一批游牧民族。根據他們的律法，他們會接待你，也會收留你。」阿拉伯人轉向達穆，臉上浮現驚慌。「那個……」他說。達穆搖搖頭：「不，別說了。現在我要走了。」他轉過身，往學校方向邁了兩大步，帶著拿不定主意的神

3 一九三九年卡繆對阿爾及利亞卡比利亞地區的報導，強調該地區的貧窮處境，提及百分之四十的卡比利亞家庭每年僅以一千法郎維生。

色，看著一動也不動的阿拉伯人，然後再次離去。接下來幾分鐘，他只聽到自己的腳步聲，在冰冷大地上異常響亮，而他沒有回頭。可是，過了一會兒，他還是轉過身去。阿拉伯人仍站在原地，在山丘邊緣，垂著雙臂，看著小學老師。達穆察覺到自己在哽咽。但他不耐煩地咒罵了一聲，大動作地揮揮手，然後繼續往前走。當他再次停步往回看時，距離已經很遠了。山丘上已經不見人影了。

達穆遲疑了。此刻太陽已爬得相當高，開始吞噬著他的額頭。小學老師舉步折返，起初有些三心二意，隨後心意已決。他抵達小丘時已是汗流浹背。他火速爬上山，停在山頭，氣喘吁吁。南邊的岩石以藍天為底，清晰可見，東邊的平原卻已有一道濛濛熱氣正在升起。而就在這片薄霧之中，達穆揪著一顆心，發現阿拉伯人正在通往監獄的路上緩緩前行。

稍後，小學老師呆站在教室窗前，望著生氣勃勃的光線自高聳天際騰然躍於一整片高原之上，卻視而不見。他剛在他後面的黑板上，在那幾條蜿蜒洄洑的法國河川之間，讀到了由一隻笨拙的手用粉筆寫下的字跡：「你交出了我們的兄弟。你要付出代價。」

達穆看著天空，看著高原，還有高原之外，那綿延至大海的看不見的大地。在這個他曾經如此深愛的廣袤國度，他孑然一人。

# 約拿，或工作中的藝術家

「你們把我抬起來，拋進海裡，海就會平靜了；我知道你們遭遇這大風浪是因我的緣故。」

《約拿書》1:12

吉爾貝．約拿，畫家，信仰他的星。儘管他對別人的宗教懷有一種尊敬，甚至是敬佩之心，他還是只信他的星。不過，他的個人信仰也並非一無是處，畢竟這個信仰在於沒來由地接受自己能獲得許多完全不配擁有的東西。這便是為何在他三十五歲前後，當十位左右的藝評人忽然爭先恐後將發掘他才華的榮幸攬到自己身上時，他並未表現出絲毫訝異。有人將這樣的處之泰然歸因於他的不可一世，然而原因恰恰相反，實則源於一種不失自信的謙遜。與其歸功於自己，約拿將之歸於他的星。

當有位畫商向他提議按月支付他一筆可免除一切後顧之憂的定額款項時，他倒表現得略微詫異一些。從高中就喜愛約拿和他的星星的建築師哈托，向他解釋這筆月薪只能讓他勉強餬口，那個商人是不會做賠本生意的。枉然。「不至於啦，」約拿說。不論做任何事情總是全力投入因而事業有成的哈托斥責他的朋友。「什麼，不至於？一定要談個好價碼才行。」但他怎麼說都沒有用。約拿在心裡面感謝他的星。「就照您的意思，」他對商人說。他因而放棄了父親出版社的職務，全心投入繪畫。「這真是個難得的機緣！」他說。

其實他心裡想著的是：「這是個持續不斷的福氣。」自他有記憶以來，這份福氣便一直庇蔭著他。他因此對父母抱有一種感恩之情，首先因為他們放牛吃草般把他養大，給了他做夢幻想的空間；再者也由於他們因外遇而分開。至少這是他父親找的藉口，只是他忘了明確說明這是場相當特殊的外遇：他無法忍受妻子的善行。她是個名符其實的世俗聖人，將自己獻身給普天下受苦受難之人，並不帶任何惡意。然而這位丈夫認定妻子的美德歸他所有。「被窮人戴綠帽，」這位奧塞羅說，「我受夠了。」

這個認知差距讓約拿獲益良多。他的父母不知是讀到還是聽到不少變態殺人狂都來自一對離異的父母，為了把這個如此令人遺憾的發展因子在尚未萌芽時便加以扼殺，從此對他爭相溺愛。小孩子意識層面所受的打擊，在他們眼中影響愈不顯著，他們就愈是憂心：看不見的破壞必然最為深層。約拿只消宣布對自己感到滿意，還是他度過了美好的一天，他父母親的擔憂便會由日常程度飆升至手足無措的地步。他們的關懷因而倍增，此後小孩子就再也沒有什麼得不到的了。

這個一般人認知中的不幸最後更讓約拿贏得了一位忠心耿耿的兄弟，也就是他的朋友哈托。後者的父母可憐他這位高中同學的悲慘遭遇，常邀他來玩。他們充滿憐憫的話語激起了他們那個健壯愛運動的兒子保護對方的欲望，而且他本來就對這個小孩散散漫漫就拿到好成績感到欽佩不已。一份友情在欣賞與優越感的相輔相成下茁壯，而約拿也如同對其他事物一樣令人欣慰且自然而然地接受了。

當約拿並未特別努力便完成了學業的時候，他又再次好運地進了他父親的出版社，在那裡找到了一個穩定的出路，並間接發現了自己的畫家天賦。身為法國出版社第一把交椅，約拿的父親認為正由於文化危機，書籍比過去任何時候都更是未來的趨勢。「歷史告訴我們，」他說，「人愈不讀書，就愈愛買書。」照此邏輯，他鮮少閱讀人家提給他的書稿，唯有作家本人或題材的熱門度推得動他的出版意願（就此角度來看，性既然是唯一永遠流行的主題，這家出版社最後便專門出版這個領域），也只顧著開發標新立異的設計及免費廣告。因此約拿在接管選書部門的同時，也得到了許許多多的閒暇時光，得找點事情做做。他就是這樣遇見繪畫的。

有史以來，他首次發現自己有股意想不到但孜孜不倦的熱情，很快便成天投入作畫之中，而且，依舊不費吹灰之力地，便在此一方面有了出色表現。似乎再無其他事物引得起他的興趣，他還差點過了適婚年齡還未結婚，因為他整個人都被繪畫徹底占據。面對旁人和生活中的尋常狀況，他僅報以善意的微笑，以避免處理的麻煩。直到有一次哈托騎摩托車載他，騎得太快，出了意外，約拿的右手綁上繃帶好不容易不能動了，覺得無聊了，才對談戀愛產生了興趣。這回亦然，這場嚴重車禍又讓他看到了他的星的正向作用。沒有這次事故，他就不會花時間注意值得被注意的露意絲・菩蘭了。

不過，對哈托來說，露意絲並不值得注意。他自己長得矮短粗壯，只喜歡個子高的女性。「我不知道你看上這隻螞蟻哪一點。」他說。露意絲的確嬌小，皮膚黑、毛髮黑、眼睛黑，但是身材勻稱，而且臉蛋漂亮。高大的約拿對這隻螞蟻心生柔情，更別提她還很勤勞。露意絲的天賦是閒不下來。這個天賦恰與約拿不愛動的個性是天作之合，而且還是他獲得好處。露意絲起初投入文學，至少在她以為約拿對出版有興趣的時候。她什麼都讀，不按特定順序，且短短數週便對什麼都能侃侃而談。約拿崇拜她，判定自己從今爾後再也無需閱讀了，因為露意絲提供他的資訊相當充分，足以讓他獲知當代新知的基本。「不能說某某是壞人還是醜人，」露意絲說，「要說他讓自己成為壞人還是醜人。」這當中的細微差異很是重大，正如哈托所指出的，一不小心，就會導致人類的滅亡。可是露意絲斬釘截鐵地做了結論，她指出既然這個真理受到言情雜誌和哲學期刊的雙雙支持，可見它放諸四海皆準，不容置疑。「就照您的意思，」約拿說，此人很快便把這個殘酷的新發現拋在腦後，改而幻想他的星星去了。

露意絲一明白約拿只對繪畫感興趣後，便拋棄了文學。她旋即投入造形藝術，跑遍大小博物館及展覽，並且拖著約拿一起去，但是他看不太懂與他同時代的人畫的東西，對於自己身為一個樸實無華的藝術家感到困窘。不過他倒是很慶幸他對關乎自己藝術的一切是如此博見多聞。確實，到了隔天，他會連才剛看過作品的畫家名字都給忘了。可是露意絲說得對：她義正詞嚴地提醒他，她從文學階段保留下來的其中一件可確定之事，便是事實上人從來就不會遺忘。星星果然保護著約拿，他得以兼顧記憶的確定性和遺忘的方便性，而毫不心虛。

然而露意絲全心全意的奉獻如同寶藏一般，在約拿的日常中閃耀著最美的光芒。對所有正常男性而言，採買鞋子、衣物和各式布品讓已如此短促的人生變得更短暫了。這些事，這位慈愛的天使都為他免去了。那些殺時間機器的上千種發明，從社會保險晦澀難解的申請單，到不斷更新的稅制措施，她都毅然接手處理。「是，」哈托說，「我同意。可是她不能替你去看牙醫吧。」她並不去，可是她去電預約最佳時段；她負責為那臺雷諾4CV換機油、預訂渡假旅館、叫家用煤炭；她親自購買約拿想致贈的禮品、挑選並派送他要送的花束，有些晚上還能找出時間，趁他不在的時候，到他家裡把床準備好，以便當天夜裡他無需打開被子即可就寢。

同樣地，帶著相同的衝勁，她也上了這張床，接著向市政廳辦理結婚預約，並把約拿帶去，這是在約拿的才華終受肯定的兩年前，她還把蜜月旅行安排成每間博物館都參觀到了。更別提在此之前，房市危機正緊張之際，她還覓得一間兩房一廳的公寓，而他們就在返回時入住。接著，根據她生三個孩子的計畫，她幾乎一個接著一個製造了兩個小孩，一個男孩、一個女孩，而這個計畫在約拿離開出版社全心投入繪畫後不久就被履行了。

此外，露意絲一生產完，便只專注於照顧她的那一個孩子，然後是那些孩子。她仍試著協助丈夫，但是她的時間不夠用。無疑地，她對疏忽了約拿感到扼腕，然而她的果斷個性避免她在這些扼腕之處有所耽擱。「算了，」她說，「每個人都有自己的工作檯要顧。」對於這個說法，約拿也表示甚為喜愛，因為他正如同所有同時代的藝術家一樣，期望被視為匠人。因此這位匠人有點被忽略，只得自己買鞋了。姑且不論這是再正常不過的事情，約拿仍為自己感到慶幸。確實，他必須打起勁來造訪商店，但是這份辛苦換得的一、兩個小時獨處時光，卻能讓夫妻生活顯得多麼無價。

然而，生存空間的問題凌駕了其他家務問題：他們身處的時間與空間正在一同縮減。孩子的誕生、約拿的新行業、他們那窄小的住處，以及不允許購買一間更大公寓的微薄月薪，在在限縮了露意絲和約拿兩人各自活動的範圍。他們的公寓位於首都舊城區，在一棟十八世紀古老大宅的二樓。許多藝術家都住在這一區，因為他們忠於藝術中對全新的追尋，必得在一個古老的背景下進行的原則。約拿也贊同這個信念，對於居住此區感到十分慶幸。

總而言之，說到古老，他的公寓確實古老。但幾項極具現代性的規畫為它帶來了獨特的樣貌：其別具一格之處，主要在於儘管占地面積有限，卻為住客提供了極大容積。公寓的挑高尤其高，還鑲嵌著美極了的窗戶，若從其比例的尊榮氣派判斷，想必是供接待賓客及盛大排場之用。然而前後屋主礙於都市就該擁擠的特性和房地產收益的必要，只好將這些過於寬敞的廳房隔成小間，藉以增加羊棚數量，再以高價出租給他們羊群般的房客。他們也大力推崇他們所謂的「大容積」。這個優點無可否認，唯獨必須歸功於房東們無法將房間垂直隔間。否則，為了提供這個時代特別愛結婚和會生育的年輕世代些許棲身之所，他們是不會遲疑於做出必要犧牲的。大容積所帶來的不僅有優點。這也使得冬季室內供暖困難，房東們只好不幸被迫提高房客補貼暖氣開銷的費用。夏季時，由於有極大面積的玻璃窗，公寓完全被光線入侵，因為沒有百葉窗。房東們無疑卻步於窗戶高度和木工價格，忽略了百葉窗的裝設。到頭來，厚窗簾一樣能發揮相同功能，並且沒有任何成本問題，畢竟這是房客要自行負擔的。說起來，房東們並不拒絕為房客提供協助，他們會以最低價格供應來自自己商店的窗簾。房地產慈善事業著實是他們的業餘愛好。而在尋常生活中，這些新形態的王公貴族做的正是高級密織棉和絲絨的買賣。

約拿對這間公寓的優點讚嘆不已，甘心接受它的負面條件。「就照您的意思，」關於補貼暖氣的額外費用，他是這樣對屋主說的。至於窗簾，他贊同露意絲的看法，裝設於臥室即已足夠，就讓其他窗戶保持光禿禿的。「我們沒什麼好遮的，」心地純潔的約拿說。約拿尤其被最大的那間廳房吸引，而它的天花板之高，在上面裝設照明系統是不可能的。一條狹窄的走道將它與另外兩間並排而小很多的房間連接起來。公寓深處，廚房和廁所及一個被授予浴室之名的小室相鄰。後者確實得以權充浴室，前提是得先設置一套淋浴設備，垂直安裝，還得接受以動也不能動的姿勢沖著那道有益身心的水柱。

著實非凡的挑高，狹隘的房間，使得這間公寓成為多個幾乎全由玻璃組成、滿是門窗的詭異平行六面體組合，傢俱找不到靠牆之處，人則迷失在白色強光中，猶如浮沉子般載浮載沉於垂直水族箱內。尤有甚者，所有窗戶都面向庭院，意味著近距離面對其他同風格的窗戶，這些窗戶後面又旋即可見更多形態高聳的窗戶面對著又一座庭院。「正所謂鏡閣，」約拿欣喜言道。聽從哈托的建議，主臥室換到了其中一間小房間，另一間將做為即將到來的小孩的房間。最大的那一間白天充當約拿的畫室，晚上及用餐時間則做為起居室。此外，必要時也可在廚房吃飯，只要約拿或露意絲願意站著的話。哈托這邊也添增了許多饒具巧思的設計。透過諸多拉門、隱藏檯面和折疊桌，他成功地彌補了傢俱數量的稀少，也一併加強了這間別出心裁的公寓如同驚奇箱的一面。

然而，當每間房間滿是畫作和小孩的時候，必須盡快思考新的安頓方式才行。的確，在第三個孩子出生之前，約拿在大房間工作，露意絲在臥房打毛線，兩個小傢伙則使用最後一間房間，他們把那裡弄得天翻地覆，還會在公寓裡盡其所能地到處鑽來鑽去。他們因此決定把新生兒安置在畫室一隅，約拿將他的畫作交疊成屏風一般將這個角落隔開。好處是小孩就在側耳可聞之處，而且這樣便可回應他的叫喚。再說約拿從來就用不著自己來，露意絲會先他一步。她不等孩子哭喊便已進入畫室，雖說她會格外小心，也總是踮起腳尖走路。約拿被她不願打擾的用心打動，有天向她保證自己並不這麼敏感，有她的腳步聲也能工作。露意絲回答她這樣也是為了避免吵醒孩子。約拿對她展露的為母之心滿心欽佩，大笑自己誤解了。也因如此，他不敢承認露意絲躡手躡腳的打擾比光明正大闖入更讓他困擾。首先，因為持續更久；再者，露意絲那誇張的肢體動作，雙臂張得大開，上半身微微後仰，一隻腿在前面抬得老高，不惹人注意是不可能的。這個做法甚至導致與她的原意相反的效果，因為露意絲無時無刻都可能擦撞到堆滿畫室的畫作。小孩因而被聲響吵醒，就他能力所及——說起來可是相當強有力的能力——強烈表達不滿。這位父親對自己兒子的肺活量大感欣慰，趕忙過去安撫他，然後很快就又由妻子接手。約拿會扶起他的畫，手持畫筆，著迷地傾聽兒子頑強而霸氣的嗓音。

此時也正是約拿的成功為他贏得了眾多朋友之際。這些友人會打電話來，或是臨時趁便來訪。經過百般考量之後才放在畫室的電話經常鈴聲大作，每每干擾了睡夢中的孩子，使得電話機急迫的鈴聲又再加入孩子的啼哭聲。若露意絲碰巧在照顧另外兩個孩子，她會想辦法帶著他們趕緊跑來，可是大多數時候，她會發現約拿一手抱著小孩，一手拿著畫筆和話筒，電話另一頭則傳來盛情的午餐邀約。對於有人想與談話內容乏善可陳的他共進午餐，約拿感到又驚又喜，不過他比較希望晚上出門，以便保有一整天不間斷的工作時間。不幸的是，大部分時候，朋友只有午餐可以，並且僅只這頓午餐有空，無論如何一定要保留給親愛的約拿。於是親愛的約拿接受了：「就照您的意思！」他掛下電話：「這人真好！」然後把小孩還給露意絲。接著他重拾工作，不久又被午餐或晚餐打斷。此時就得把畫移開、拉開改良過的桌子，和孩子們一同上桌吃飯。用餐過程中，約拿的眼睛仍然盯著進行中的畫，有時候，至少在剛開始的時候，他會覺得孩子們咀嚼吞嚥的速度有點慢，把每頓飯拖得太長了。然而他在報上讀到，若要好好吸收，就必須細嚼慢嚥，自此之後每頓飯就都有了享受慢吞吞吃飯的理由。

還有些時候，他的新朋友來拜訪他。至於哈托，則只在晚餐後過來。白天他在辦公室，他也深知畫家利用白晝光線作畫。然而約拿的新朋友幾乎全來自藝術界或評論界。有些作過畫，有些要開始畫，剩下的那些則負責操心已經畫出或將被畫出的東西。想當然耳，所有人皆對藝術工作抱以高度崇敬，也都埋怨現代社會的運作模式使得對上述工作的追求和藝術家不可或缺的沉思冥想，變得如此困難。他們整整埋怨了好多個下午，同時懇求約拿繼續作畫，就當他們不在，還請他在他們面前不必拘束，他們並非資產階級庸俗之流，知道時間對藝術家的價值。約拿很高興擁有這群容許他當著他們的面工作的友人，他返回他的畫前，同時也不停地回應他人的問題，或是對別人說給他聽的奇聞軼事報以笑聲。

如此隨和的態度，使他的朋友們愈來愈自在。他們的興致好到把用餐時間都忘了。小孩子的記性反倒比較好。他們一邊跑來混入大人的團體，一邊鬼吼鬼叫，還由客人們接手，從一個人腿上跳到另一個人腿上。在院子勾勒出的正方型天空中，光線終於逐漸昏暗，約拿放下他的畫筆。現在只剩邀請這群友人用個便餐，有什麼吃什麼，然後繼續聊到深夜了——聊藝術，那是當然的，不過尤其更聊不在場的那些沒有才華的、抄襲的或有目的的畫家。至於約拿，為了善用清晨的光線，他喜歡早起。他知道這有難度，知道早餐無法準時備好，也知道自己會很累。但他也慶幸能在一個晚上就獲知這麼多對他的藝術想必有所裨益的事情，雖然看不出來裨益為何。「在藝術中，就如同在自然界一樣，任何東西都不會憑空消失的。」他說。「這是我的星星的作用。」

朋友之外，有時也有門生加入：約拿現在自成一家了。起初他大感詫異，自己尚且什麼都不懂，不明白別人可以向他學什麼。他內心的那個藝術家行走於一片漆黑之中；他要如何教導真正的蹊徑？然而不消多時，他便悟到門生未必是志在學習之人。反之，一個人成為門生，更常是為了教導師父這種不求回報的樂趣。自此之後，他便能懷抱謙遜之心，接下這份額外的殊榮。約拿的門生洋洋灑灑地向他解釋他畫了什麼、為何而畫。約拿因而在自己的作品中發現了許許多多出乎自己意料之外的意圖，和一大堆他沒有畫進去的東西。他以為自己很貧乏，多虧了他的學生，他發現自己瞬間變得豐富。有時候，在這麼多自己至此之前都不知道的豐富性前，一絲自傲會掠過約拿的心中。「不過確實是如此啊。」他對自己說。「這張臉，在遠景這邊，怎麼看都會看到它。我不太明白他們說的間接擬人是什麼意思。不過，這個效果讓我往前了一大步。」然而很快地，他會把這種令他有些侷促的造詣丟給他的星星。「往前一大步的，」他說，「是我的星。我啊，我在露意絲和孩子身邊待著就好。」

除此之外，這些門生還有另一個優點：他們驅使約拿對自己更加嚴厲。他們在談話中把他吹捧得如此之高，對他的意識和勞動力更是讚揚，此後他便不被容許有任何的弱點了。他因此失去了每當完成一個困難部分時，啃顆方糖或巧克力後再回頭工作的老習慣。儘管當他獨自一人時，有可能偷偷摸摸向這個嗜好投降。不過他的門生及友人幾乎毫不間斷地待在他家，有助於他意志力的堅定，因為在他們面前啃巧克力讓他有些不好意思，再者，他也不能為了這麼一個小小癖好，就打斷那饒富興味的對談吧。

尤有甚者，他的門生堅持要他忠於他的美學觀。他要折騰良久，才會偶然得到某種稍縱即逝的靈光，這時真實世界會在一道嶄新而未受汙染的光線中出現在他的眼前，這樣的約拿對自己的美學觀只有一個模糊晦暗的概念。相反地，他的門生則有好幾個想法，這些想法相互牴觸又都不容置疑；對此，他們可是不開玩笑的。有時約拿想藉助於任性隨意，這位藝術家的卑微好友。然而他的門生會在某些悖離他們看法的畫作前眉頭一皺，使得他只好對自己的藝術再多加思考，而這樣帶來的只有好處。

最後，門生們還以另一種方式幫助約拿，亦即逼他對他們自己的作品提出意見。的確，每天都有人帶來某件才剛開始下筆的畫，畫的作者為了讓這張草圖亨有最理想的光線，把畫放在約拿和他進行中的畫中間。不給個意見不行了。一直到這個時期，約拿總是為自己在藝術鑑賞上所感到的深切無力暗自羞愧。除了少數幾件令他心蕩神馳的畫，還有明顯粗糙的亂塗亂畫之外，在他看來所有作品都同樣有意思，也都同樣不痛不癢。於是他不得不為自己建立一整套包羅萬象的評語。他的門生就和所有首都的藝術家一樣，總的來說有某種程度的才華，他們來的時候，他便得鋪陳出足夠五花八門又具細微差異的見解，好讓每一位都滿意。這個令人愉快的職責迫使他建構了一套語彙，以及對他的藝術的一些意見。他與生俱來的親切態度也未因這個努力而變質。他很快便理解到，門生向他尋求的並非批評，他們才不在乎；他們求討的無非是鼓勵，可能的話，還要加以讚許。只是讚許必須有所區別。約拿不再將就於他平日的和藹可親了。他和藹可親得出神入化。

約拿的時間就這樣流逝。朋友與學生坐在一排排現在以同心圓圍繞畫架擺放的椅子上，約拿就在他們中間作畫。鄰居也常在對門窗戶出現，並加入他的觀眾群。他說話、與人交換看法、端詳呈遞給他的畫作、在露意絲經過時微笑、安撫小孩，還熱情回應來電，期間不曾放下畫筆，三不五時還會在已起頭的畫上添上一筆。從某個角度來看，他的生活十分充實，一刻不得閒，他感恩命運之神沒讓他無聊。從另一個角度來看，一張畫得要好多筆才能填滿。他偶爾會想著無聊確實有它的好處，若想逃脫無聊只需奮力工作就好。隨著他的朋友變得愈來愈有趣，約拿的產出跟著相對減少了。即使在難得自己一個人的時候，他也疲倦到無力趕工。在這些時刻，他只盼望一個得以妥協友誼之樂與無聊之益的新的安排方式。

他向露意絲坦言他的困擾，露意絲這頭也為了兩個年紀較大的孩子持續成長，他們的房間卻已顯窄小而擔憂。她提議讓他們睡最大的房間，他們的床就用屏風遮住，然後把小嬰兒挪至小房間，他在那裡就不會被電話吵醒了。由於小嬰兒絲毫不占空間，約拿便可將小房間當作畫室。大房間白天可用來接待客人，約拿可以來來去去，看是要接待朋友還是工作，他相信大家一定能理解他獨處的需求。況且，由於必須照顧年長的孩子上床睡覺，也能讓晚上的活動盡早結束。「太好了，」約拿想了想之後說。「而且，」露意絲說，「如果你的朋友早點離開，我們相處的時間就能多一些。」約拿看著她。一抹悲傷閃過露意絲的臉龐。約拿為之動容，以他全部的溫柔將她緊摟在懷中。她順應著他，短暫片刻間，他們就像新婚時一樣幸福。可是她回過神來：小房間對約拿而言可能太小了。露意絲抓起折尺，他們發現由於他的畫和學生的畫堆得到處都是，後者的數量更遠遠超過他自己的，因此實際上他平時的工作空間並不比今後分給他的空間大上多少。約拿馬上著手搬動事宜。

很好運地，他愈少工作，名聲就愈響亮。人們引頸期盼他的每一場展覽，而且未演先轟動。確實有少數評論家在他們熱烈的藝評中語帶保留，其中包括兩位畫室的熟客。不過這個小小的不愉快被門生們的憤憤不平所彌補，甚至超越了。門生們強烈地表示，固然他們奉所有第一時期的畫作為上上之作，然而當前的追尋嘗試正是為了一場徹底的革命做準備。約拿為了每每有人推崇他的初期作品他都會感到些許不耐而責備自己，並極力感謝對方。只有哈托嘀嘀咕咕地抱怨：「莫名其妙的傢伙……你像雕像一樣動也不動，他們才要愛你。跟他們在一起，禁止活著！」可是約拿為他的門生辯護：「你不會懂的，」他跟哈托說。「你啊，不管我做什麼你都喜歡。」哈托笑了：「當然。我喜歡的不是你一張一張的畫作。我喜歡的是你的繪畫藝術。」

無論如何，這些畫作持續受人歡迎，而在一場獲得熱烈評價的展覽後，那名商人主動提出了提高月薪的建議。約拿接受了，同時表達了他的感激之情。「聽您這麼說，」商人說，「會讓人以為錢財對您來說很重要呢。」如此的單純親切擄獲了畫家的心。然而，當他向商人要求授權以便將一幅畫作贈予一場慈善義賣時，商人起了顧慮，想知道這是否是個「有錢賺」的慈善義賣。約拿並不清楚。商人因此建議老老實實遵照現有合約上的條款，由他享有獨家買賣權。「合約就是合約，」他說。他們的合約並未納入慈善義賣。「就照您的意思，」畫家說。

新的安頓方式令約拿滿意不已。的確，他得以有足夠時間獨處一室，回覆他現在會收到、而他的好禮貌不允許已讀不回的眾多來信。有些來信涉及約拿的藝術，其他數量超出最多的信，關乎來信者本人，要不希望畫家志向獲得鼓舞，要不在尋求建議或金錢上的資助。隨著約拿的名字出現在報刊上，他開始和大家一樣，也被懇求介入對實在令人髮指之不公不義的揭發。約拿一一回覆、撰寫藝術相關文章、向人致謝、提供建議、用少買一條領帶的錢寄出一筆小額援助，還在別人提給他的正義的抗議信上簽名。「你現在開始搞政治了？留給作家和醜女去搞吧！」哈托說。不是的，他只簽宣稱不帶任何黨派色彩的抗議信。然而所有的抗議都號稱具備這個美好的獨立性。一週又一週，約拿口袋裡裝著滿到鼓起來的信件，不斷被他忽略，又不斷換成新的。他會回覆其中最緊急的，通常來自陌生人，然後把需要慢慢回覆的，亦即友人來鴻，留到更合適的時候。總之，這麼多的責任使他無法四處閒逛，也無法保有自由自在的心情。他覺得自己總在延宕，而且總是有股罪惡感，就算是偶爾得以工作的時候也是一樣。

露意絲為了孩子愈來愈不得閒，還得處理約拿在其他狀況下原可自己處理的所有家務事，她精疲力竭。他為此感到難過。畢竟，對他而言，工作是為了個人樂趣，而她分配到的則是最糟糕的那部分。她外出採買的時候，他便能清楚體會到這一點。「電話！」長子大喊，約拿放下手邊的畫，隨後又帶著多一個邀約回到畫前，內心感到安穩。「瓦斯！」瓦斯公司員工在其中一個孩子為他打開的門前高喊。「來了，來了！」當約拿放下電話或離開門口，某個朋友還是門生，有時兩個一起，會一路跟著他走到小房間，好結束已經起頭的話題。漸漸地，所有人都成了走廊的常客。他們會待在走廊上彼此閒聊，遠遠地叫約拿附和，或者闖入小房間裡一時半刻。「在這裡，」進去的人會驚呼：「至少可以與您見到面，還不必匆匆忙忙的。」約拿覺得感動：「真的。」他說。「說到底，我們都見不到面了。」他也清楚感覺自己讓那些他見不著的人失望了，並且為此感傷。那些人常是他想見的朋友。可是他沒有時間，無力允諾所有邀約。正因如此，他的名聲受到了影響。「他成名以後，」人們說，「就變得自以為了不起。他現在誰也不見了。」或是：「他誰都不愛，只愛他自己。」不是的，他愛他的繪畫，也愛露意絲、他的孩子們、哈托，還有另外幾個人，而且他對所有的人都心懷善意。然而人生苦短，光陰似箭，他個人的精力有限。要描繪人生百態和人們，又要同時與人們生活在一起，很是困難。另一方面，他也無法埋怨，抑或為自己的不便辯解。因為這時人們會拍拍他的肩說：「幸福的傢伙！這就是榮耀的代價！」

就這樣，來信愈積愈多，半刻都不容他得閒，上流社會蜂擁而至。再說約拿也尊重他們，他們大可像所有人一樣熱衷於英國皇室或美食飯店，卻反而來關注繪畫。事實上大多是上流社會的女性，然而她們的態度卻非常樸實。她們自己並不掏腰包買畫，只會帶友人到藝術家的家裡，希望他們代替她們購買，卻經常幻滅。不過她們會幫露意絲的忙，尤其會為訪客沏茶。茶杯透過一雙又一雙的手傳遞，穿越走道，從廚房到大房間，然後回頭降落在小小的畫室，在那裡，身處只消幾人便足以塞滿房間的訪客中，約拿持續作畫，直到不得不放下畫筆，帶著感恩的心，接過那杯由一位迷人的人士特地為他斟好的茶。

他喝著他的茶，看著某個門生剛擺上他畫架的草圖，與友人談笑風生，中斷談笑請朋友中的一位為他郵寄夜裡寫好的一疊信件，扶起在他兩腳間跌了一跤的小鬼頭，擺好姿勢照了張相，接著：「約拿，電話！」他把茶杯高高舉起，一面道歉、一面從占據走道的人群當中闢出一條通道，再回到原處，繼續在畫的一角作畫，還停下筆回應那位迷人的女士說，一定會的，他會為她畫肖像的，然後再回到畫架前面。他工作著，可是：「約拿，簽名！」「什麼事？」他說，「是郵差嗎？」「不是，是喀什米爾的勞改犯。」「來了，來了！」他於是跑到門前接待一位年輕的人類之友並收下他的抗議書，詢問是否牽涉政治，得到了令人完全放心的說法，也就他的藝術家特權為他帶來的義務被訓了一番話，之後簽下名字，隨後再次現身，好讓人家為他引薦一位他沒聽懂貴姓大名的新科拳擊冠軍，或是來自某個國外的最偉大的劇作家。有五分鐘的時間，劇作家當著他的面，以激動的眼神傳達因不懂法文而無法更加清楚言說的心情，約拿則懷著誠摯的熱情點頭稱是。幸好，當前最火紅的性感男神突然現身，想被引薦給大畫家，化解了這個無解的窘境。約拿十分榮幸，說自己便是畫家本人，拍拍他口袋裡的那疊信，抓起畫筆，準備重拾某個部分，但首先得為有人才帶來給他的一對長毛獵犬致謝，把牠們牽到主臥房安頓好，再回來接受贈狗女士的午餐邀約，直到露意絲的叫喊令他再次走出房間，發覺長毛獵犬應該很可能不是被訓練來養在公寓裡的，他把狗帶到淋浴間，在那兒牠們鍥而不捨地嚎叫，最後大家都充耳不聞了。三不五時，越過眾人的頭頂上方，約拿望見露意絲的目光，感覺到她眼神裡的哀傷。這天終於來到尾聲，有些訪客告辭離去，有些尚在大房間裡逗留，他們柔情地看著露意絲哄小孩上床睡覺，有位戴帽子的高雅女士好心幫忙，並哀嘆自己待會兒只得返回她的大宅邸，那裡的生活分散在兩個樓層，與約拿家相比，真的來得好不親密也好沒溫度。

某個週六下午，哈托給露意絲帶來了一個設計精巧、可固定在廚房天花板上的烘衣機。他到的時候公寓擠得水洩不通，而小房間內，被鑑賞家團團圍住的約拿正在為贈狗女士畫像，他自己卻也正在被一位官方指派的畫家畫像。據露意絲說，這位畫家執行的是政府的委託。「這幅畫將名為〈工作中的藝術家〉。」哈托退到房間角落，看著他顯然全神貫注於手中工作的朋友。有位從未見過哈托的鑑賞家傾身向他：「可不是，」他說，「他看起來很神氣吧！」哈托沒回應他。「您畫畫，」那人繼續說：「我也畫畫。您看吧，相信我，他在走下坡了。」

「已經在走下坡了？」

「對。因為他成名了。沒人抗拒得了成名。他完了。」

「他在走下坡還是他完了？」

「藝術家走下坡就是完了。您瞧，他已經畫不出什麼了。現在換他被畫，然後被人掛在牆上以茲紀念。」

稍晚，夜已深了，在主臥房裡，約拿站著，露意絲和哈托坐在床角，三人不發一語。孩子睡了，狗被送到鄉下托養了，露意絲剛洗完為數眾多的杯盤，約拿和哈托負責擦乾，眾人精疲力盡。「請一名女傭吧。」哈托方才在盤子堆前說道。可是露意絲憂鬱地回答：「我們該把她安頓在哪兒？」因此他們都沉默了。

「你開心嗎？」哈托忽然問道。約拿微微笑了笑，可是看來很倦怠。

「開心。所有的人都對我很好。」

「並沒有。」哈托說。「當心點。並不是每個人都安好心。」

「誰？」

「比如說，你的畫家朋友。」

「我知道。」約拿說。「可是很多藝術家都這樣。他們沒有存在感，就算是最偉大的也一樣。因為這樣，他們尋求證明，他們評判別人、苛責別人。這樣能使他們變強，這是存在的開端。他們很寂寞！」

哈托搖搖頭。

「相信我，」約拿說，「我了解他們。必須去愛他們。」

「那你呢，」哈托說，「你就存在嗎？你從來不說別人哪裡不好。」

約拿笑了起來。

「喔！我常覺得別人不好。只是我會忘記。」他嚴肅起來：「不，我不確定自己有存在感。但是我會存在的，我確定。」

哈托問露意絲怎麼想。她從疲憊中回神，表示約拿說得對：他們訪客的意見無足輕重。重要的唯有約拿的工作。而且她清楚感到小孩妨礙了他。再說，他還一直在長大，必須添購躺椅，又會占去空間。在覓得一間更大的公寓之前，該如何是好！約拿看著夫妻倆的臥房。確實，這樣的安排不是最理想的，床非常大。但是這個房間整天下來都無人使用。他把想法告訴了露意絲，露意絲開始思考。在這間房間，約拿至少不會被打擾，別人終究不敢躺上他們的床吧。「您認為如何？」這次換露意絲問哈托。哈托看著約拿。約拿凝視著對面的窗戶。然後，他抬起雙眼望向無星的天空，過去拉上窗簾。他回來時，向哈托微微笑，在他旁邊的床上坐下，什麼也沒說。明顯疲累不堪的露意絲說她要去沖澡了。這兩位朋友獨處時，約拿感覺哈托的肩膀碰到了他的肩膀。他沒有看他，但是說著：「我愛畫畫。我想畫一輩子，每日每夜。這不正是個福氣嗎？」

哈托溫柔地看著他。「是，」他說，「這是個福氣。」

孩子們漸漸長大，看到他們活活潑潑、精力充沛，約拿滿心歡喜。他們去上學，四點回來。約拿還有週六下午、週四，和頻繁長假時的整天可享受與孩子們的相處時光。他們還不到乖乖自己玩的年紀，但已健壯到讓公寓四處充滿他們的爭吵和笑鬧。這時就必須讓他們靜下來，威脅他們，有時還得作勢修理他們。此外還有衣物得清洗、有扣子要縫。光靠露意絲已經忙不過來了。既然無法提供女傭住宿，他們狹小緊密的生活空間甚至也無法容納她，約拿便提議找露意絲的姊姊蘿絲來幫忙，她守寡後未再婚，有個年紀較長的女兒。「是啊，」露意絲說，「是蘿絲的話，就不用覺得彆扭了。我們想的時候隨時可以請她離開。」這個權宜之計減輕了露意絲的負擔，兼而緩解了約拿面對妻子的疲憊所感到的愧疚，約拿甚為欣喜。姊姊常帶她的女兒來支援，令他們更加如釋重負。她們兩人有著全世界最善良的心腸，真誠的本性閃耀著美德與無私之光。她們盡一切可能過來幫忙家務，不惜花上她們所有的時間。孤單生活的百無聊賴，以及在露意絲家找到的安適自在，也助了她們一臂之力。果然，正如預料，沒有人感到綁手綁腳，從第一天起，這兩位親戚就真的感覺像在自己家裡一樣。大房間成了共用空間，既是飯廳、熨衣間，也是托兒所。小兒子睡覺的小房間用來擺放畫作和一張行軍床，女兒沒和她一起的時候，蘿絲偶爾會睡在這裡。

約拿現在使用夫妻倆的臥房，在床與窗戶之間的空間工作。早上他只要等到臥房繼小孩房後整理好就行。之後除了要拿什麼衣物的時候，沒有人會來打擾他，因為家裡僅有的衣櫃事實上就擺在這間房裡。至於訪客，雖說比較少了，他們卻已養成習慣，與露意絲期望的相反，為了更便於與約拿談天說地，他們毫不猶豫就躺上了床。孩子們也會來親親他們的父親。「給我們看圖。」約拿給他們看他正在畫的圖，慈愛地親吻他們。打發孩子們離開的時候，他感覺心中所有的空間都被他們完完全全地占據，滿心滿懷，毫無保留。少了他們，他能找到的就將只剩空虛與寂寞。他愛他們的程度就和愛他的繪畫一樣，因為世上唯有他們和他的繪畫一樣生氣勃勃。

縱使如此，約拿愈來愈少作畫了，他自己也不明就裡。他仍如往常孜孜不倦，可是現在作畫遇到了瓶頸，獨自一人的時刻亦然。這些時刻，他都在看天空。過去他總是漫不經心或全神貫注，現在變成胡思亂想。與其畫畫，他想著繪畫、想著他的天賦。「我愛畫畫，」他仍然對自己這麼說，而他執畫筆的手順著身體垂落，耳朵聽著遠方傳來的廣播。

與此同時，他的名氣正在下滑。有人帶了評論文章來，有的語帶保留，有的內容拙劣，有些尖酸刻薄到傷了他的心。但他告訴自己這些抨擊也有可令他受用之處，可以督促他做得更好。那些持續前來的人對他的敬重減少了，像對一個老朋友一樣，對他無需拘束。當他打算回頭工作時，「哎呀！」他們說，「你的時間多著呢。」約拿覺得，在某種程度上，他們已將他歸入和他們自己相同的失敗方了。可是，換個角度想，這種新的同舟共濟之感倒也有裨益身心之處。哈托聳聳肩，不以為然：「你太傻了。他們對你幾乎沒有愛。」

「他們現在對我有點愛了。」約拿回答。「有一點愛，就很多了。怎麼得來不重要！」

因此他持續盡可能地交談、寫信和作畫。偶爾，他真的在畫，尤其是孩子們和露意絲及蘿絲出去的星期天午後。到了晚上，他為進行中的畫作有了些許進展感到欣慰。這段時期，他畫天空。

當商人告知面對銷量大幅下滑，很抱歉不得不縮減他的月薪時，約拿同意了，露意絲卻露出擔憂。那是九月天，得為孩子準備開學的衣物。她以慣常的意志力自己著手縫製，但很快便超出她的能力所及。蘿絲會改衣服、補扣子，但不會做衣服。可是她先生的表姊會，她來幫忙露意絲。三不五時，這位沉默的女性會在約拿房間角落的椅子上靜靜坐著。她安靜到露意絲提議約拿畫幅女裁縫像。「好主意，」約拿說。他著手嘗試，畫壞了兩張畫布後，又回到畫了一半的天空。隔日，他在公寓裡走來走去很長一段時間，沒有作畫，只是思考。有個情緒激動的門生拿了一份篇幅很長的文章給他看，若非如此他也不會讀到，內容提到他的畫不僅過於刻意，也已過時。商人來了電話，再次向他談起對銷售曲線下滑的憂慮。他卻繼續做夢沉思。他對這位門生說，文章說的有點道理，但是他，約拿，還有好多年可以畫。對那個生意人，他則回答他了解他的憂慮，可是他並不擔心。他還有一件真正新穎的傑作等著實現；一切都會重新開始。他邊說，邊覺得自己講的是實話，感覺他的星就在那裡。需要的只是一個理想的安排方式。

接下來的日子，他試著在走廊作畫，兩天後在浴室就著電燈的光線作畫，翌日到廚房作畫。可是，有始以來第一次，那些無論到哪兒都會碰到的人，那些說不上認識的人，還有心愛的家人，都讓他覺得礙手礙腳。有片刻的時間，他停下工作思考。若非季節不配合，他原可畫風景主題的畫。不幸的是，時序即將入冬，春天前要畫風景有其難度。即使如此他還是試了，然後放棄，因為寒冷一路灌入他的心坎裡。他和他的畫一起生活了好幾天，大部分時候傍其而坐，或是久立窗前；他不再畫了。他就此養成早上外出的習慣。他給自己訂下計畫，要速寫一個細節、一棵樹、一棟傾斜的房子、一個瞬間捕捉的側影。白日將盡，他什麼也沒畫。反而是最微小的誘惑，報紙、巧遇、櫥窗、咖啡館的熱氣，都把他的注意力吸引了去。每天晚上，他不斷用一些好藉口餵養揮之不去的心虛。他就要畫了，這是一定的，而且會畫得更好，就等這段表面上無產的期間過去。他腦袋在轉，僅是如此而已，星星會被滌盡這曖曖濃霧，再次閃現，光彩奪目。在此之前，他就都待在咖啡館裡。他發現酒精帶來的高昂興致，與他全力投入工作的日子並無二致，那時候，他想起自己的畫，會感到這片只在自己孩子面前才會有的憐惜和溫暖。第二杯干邑白蘭地下肚，他在心底找回這股令他既主宰世界又服務世人的深深感動。只是，他在空空如也中享受這份感動帶來的喜悅，無所作為，未將其化為作品呈現。然而，正是這種感覺與他為之而活的喜悅最為近似，現在他在這些煙霧繚繞、人聲鼎沸的地方坐著，做著白日夢，一待就是好幾個鐘頭。

儘管如此，他會避開藝術家常去的地方和街區。若遇到相識的人對他談起他的畫，他便會陷入恐慌。他想逃開，顯而易見，所以他就逃開了。他曉得人家在他背後怎麼說：「他還以為自己是林布蘭呢。」這使他的不安有增無減。總而言之，他不笑了，他過往的友人從中得到一個奇特但必然的結論：「他不笑，是因為他對自己非常滿意。」一得知此事後，他變得更加逃避他人，也更容易擔驚受怕。只要進入一家咖啡館時感覺被在場某人認出，他整個人便昏天暗地，手足失措。頃刻之間，他呆在原地，被滿滿的無力感和一股難以言喻的愁苦充滿，眉頭皺起的面容包藏著內心的紊亂，也掩蓋著對友情迫切立即的需要。他想起了哈托寬厚的眼神，驀然轉身而去。「這是什麼臉！」某天，一個很靠近他的人，在他離去的當下這麼說。

他現在只到無人認識他的城市邊緣街區走動。在那裡，他可以談天、微笑，他的親切又回來了，沒人要求他應該如何。他結識了幾個要求不高的朋友。他尤其喜歡和其中一位相處，這個人在他常去的火車站餐廳為他服務。這位侍者曾問他「做什麼工作」。「我塗塗抹抹。」約拿當時回答。「畫家還是油漆工？」「畫家。」「這樣啊！」對方回答，「不容易呢。」然後他們就再沒提起這件事了。沒錯，是不容易，但是一旦約拿找到適切的工作模式，他就會成功克服的。

某些偶然的日子，某些偶然的酒館時光，他有了別的邂逅，有些女人會幫助他。做愛之前或做愛之後，他可以和她們說說話，更可以自吹自擂一下，她們能夠理解，就算不相信他。偶爾，他覺得從前的氣力似乎回來了。一天他受其中一位女性朋友的鼓舞，下定決心。回到家，女裁縫不在，他重新試著在房內工作。可是一小時過後，他收起畫布，對露意絲笑笑卻沒看她，就出去了。他喝了一整天的酒，在他的女友家過夜，再者他也處於一種無力欲求對方的狀態。到了早晨，迎接著他的，是活生生的痛苦和被痛苦摧殘的臉，化身為露意絲在他眼前。她想知道他是否睡了這個女人。約拿說他沒有，因為醉了，可是他先前曾睡過其他女人。就這樣，第一次，他在露意絲身上看到一張溺水者驚詫並極端痛苦的臉龐，他心如刀割。他這才發覺所有這段時間他都沒有想到她，他很羞愧。他懇求她原諒，都過去了，明天一切重新開始，就像從前一樣。露意絲無法言語，轉過身去遮掩她的淚水。

隔日，約拿很早便出門了。外面下著雨。他回到家時，濕淋淋的像隻落湯雞，手裡抱著一大疊木板。在他家裡，兩位前來探望的老友在大房間裡喝咖啡。「約拿改變風格了。他要畫木板畫了！」他們說。約拿笑了笑：「不是的。不過我正要開始一個新東西。」他來到連接浴室、洗手間和廚房的小走道。到了兩條走道相接的轉角處，他停下腳步，對著聳入昏暗天花板的高牆端詳良久。梯子是必要的，他下樓到門房那兒借了一把。

他再上樓的時候，多了幾個人在家裡，他只能盡力抵擋訪客因高興與他再見而展現的情誼、盡力抵擋家人的問題，才得以到達走道盡頭。他的妻子此時正從廚房出來。約拿放下他的梯子，緊緊摟住她。露意絲看著他：「我求你，」她說，「別再那樣了。」「不會的，不會的。」約拿說。「我要作畫。我必須作畫。」可是他似乎在自言自語，他的目光不在這裡。他開始工作。在牆面中段，他建造了一個夾層，目的在打造一個類似閣樓的狹窄空間，不過既高且深。下午過完，所有的工事都完成了。藉梯子之助，約拿手拉夾層地板吊掛著，還為了測試成果牢固與否，做了幾個引體向上。然後，他加入其他人，大家欣然見他又變得如此親切。晚上，當家裡相對冷清時，約拿拿了一盞煤油燈、一把椅子、一張凳子和一個畫框。在三個女人和孩子們納悶的注視下，他把所有的東西搬上夾層。「好啦。」他在他高高的棲息處上說。「我這樣工作就不會打擾別人了。」露意絲問他是否確定要這樣。「當然，」他說，「只需要一點點空間。我會更自由。過去有些偉大的畫家正是就著燭火作畫的，然後……」「樓板夠堅固嗎？」夠的。「放心，」約拿說，「這是個很棒的解決方法。」然後他再次下來。

隔日一早，他爬上閣樓，坐下，把畫框置於凳子上靠牆直立，等待著，沒有點燈。他清楚聽到的唯一聲響來自廚房或洗手間。其他的聲響似乎很遙遠，訪客來訪、大門的門鈴或電話鈴聲、來來去去的腳步聲、談話聲，傳入他耳際時已經減弱了大半，彷彿從街上或另一個院子傳來似的。此外，當整間公寓都充斥著刺眼光線的時候，這裡的陰暗令人感到閑適愜意。三不五時會有朋友過來站定在夾層下方。「約拿，你在上面做什麼？」「我在工作。」「不需要光嗎？」「對，目前是這樣。」他沒有畫畫，但他在思考。與之前的生活空間相比，在這個對他而言好似沙漠或墓穴的陰暗和半寂靜裡，他聽著自己的心跳。一路傳至閣樓上的聲音，即使是對他發出的，似乎從此再也與他無關。他就像那些在自己家裡、在睡夢之中獨自死去的人，早晨來臨，電話聲響起，焦急又堅持著，迴盪在空空落落的屋裡，和一具再也聽不見的軀殼上。可是他活著，他聽著內心的寂靜，等著他那依然潛匿、卻要再度升起的星，終將在這些空洞時日的凌亂失序之上升起，綻放光彩，恆久不渝。「閃耀吧，閃耀吧，」他說。「別讓我失去你的光芒。」它一定會再次閃耀的，他很確定。可是他還得想得再久一點，因為他終於得到了獨處的機會，卻無需與家人分離。他必須挖掘之前尚未明瞭的什麼，雖然他一直都知道，也一直都好像知道般地畫著。他必須掌握這個祕密，這個不只牽涉藝術的祕密，這點他看得很清楚。這就是他不點燈的原因。

現在每天約拿都會爬上他的閣樓。登門造訪的人愈來愈少，露意絲因為擔心，很少加入談話。約拿會下來吃飯，然後又爬回他的高處。他待在黑暗中，整天動也不動。夜裡，他來到已就寢的妻子身邊。幾天之後，他麻煩露意絲送午餐給他，露意絲的特別用心令約拿感動。為了不想再打擾她，他向她提議準備一些可存放於閣樓上的糧食。漸漸地，他白天也不下來了。可是他幾乎沒碰那些存糧。

一天晚上，他呼喚露意絲，要了幾件毯子：「我在這裡過夜。」露意絲仰頭看著他。她張開嘴巴，然後又閉上嘴巴，沒有說話。她只是帶著擔憂和悲傷的神情端詳約拿；他驚覺她老了好多，她也同樣被他們疲憊不堪的日子深深啃蝕。他這才想到他從沒有真的幫到她。可是在他能夠開口說話前，她向他微微笑，溫柔得讓約拿的心都揪了起來。「就照你的意思，親愛的。」她說。

自此之後，他每夜都在閣樓上度過，幾乎不再下來了。於是，既然白天晚上都見不著約拿，屋裡的訪客便愈見零落。有些客人被告知他在鄉下，還有一些，當謊言說累了，會說他找到了一間畫室。只有哈托忠實前來。他爬上梯子，那顆親切的大頭超過夾層的高度：「還好嗎？」他說。「好得不得了。」「你在工作嗎？」「差不多。」「可是你沒有畫布啊！」「我還是有在工作。」梯子與閣樓之間的對談很難延續。哈托搖搖頭，爬下梯子，協助露意絲修理保險絲或鎖頭，之後，沒再爬上梯子，只跟約拿道別，後者在黑暗中回答：「再見，我的好兄弟。」有天晚上，約拿在他的再見後面多加了句謝謝。「為什麼說謝謝？」「因為你愛我。」「還真是前所未聞啊！」哈托說，然後離去。

又一個晚上，約拿呼喊哈托，他馬上趕了過來。第一次燈是亮著的。約拿神色焦慮，從閣樓彎身探出頭來。「給我一塊畫布。」他說。「可是你怎麼啦？你瘦了，看起來像鬼一樣。」「我好幾天沒怎麼吃了。不要緊，我得工作才行。」「先吃東西。」「不了，我不餓。」哈托拿來一塊畫布。就在約拿即將消失於閣樓中的當兒，問了他：「他們還好嗎？」「誰？」「露意絲和孩子。」「他們很好。如果你和他們在一起會更好。」「我不會離開他們。千萬要告訴他們我不會離開他們。」然後他就消失了。哈托向露意絲訴說他的憂心。她坦承自己糾結痛苦好幾天了。「怎麼辦？唉！如果我可以替他畫就好了！」她傷心地面向哈托。「沒有他我活不下去。」她說。她的臉龐再次有了少女的樣子，讓哈托感到驚訝。他這才發現她的臉早已紅了起來。

燈光持續亮了一整夜和隔日整個早上。對來的人，不論哈托或露意絲，約拿只回答：「讓我一個人，我在工作。」中午，他要了一點煤油。就要燒乾的煤油燈再度放出熊熊火光，直到晚上。哈托留下來與露意絲和孩子們一起晚餐。午夜，他向約拿道再見。在燈火依舊的閣樓前，他等了一會兒，然後什麼都沒說就離開了。第二天早上，露意絲醒來的時候，燈仍然亮著。

美好的一天開始了，但約拿並未察覺。他已把畫布轉過去靠著牆壁。他精疲力盡，坐著等待，雙手掌心朝上，擺在膝上。他告訴自己從今以後再也不工作了，他很快樂。他聽見孩子們在嘀嘀咕咕，水在流，碗盤丁鈴噹啷。露意絲在說話。卡車行經大馬路時大片玻璃窗跟著震動。世界還在，年輕、可愛：約拿聽著人們發出的美好塵囂之聲。以如此遠的距離，它不會干擾他心中這股歡欣的力量、他的藝術，還有他無法言說的思緒，因為它們永將靜默，但是這些思緒使他超然於一切之上，在一片自由輕快的空氣中。孩子們在每個房間跑來跑去，女兒嘻嘻笑，露意絲也是，他沒聽見她的笑聲好久好久了。他愛他們！他真的好愛他們！他熄了燈，而在再次籠罩的漆黑中，就在那兒的，不正是他依然閃耀的星嗎？就是它，他認得它，他的心中滿是感激，即使當他一聲不響跌落下來時，仍然一直注視著它。

「無大礙。」請來的醫生稍晚宣布。「他工作過度。一週便可恢復。」「您確定他會好過來？」露意絲說，面容憔悴。「他會好過來的。」在另一間房間裡，哈托看著那張畫布，整張一片空白，在畫布正中央，約拿僅以極小的字跡寫下了一個字，足以辨識，卻不知該讀為solitaire（踽踽獨行）還是solidaire（與人同行）。

# 萌生的磐石

車子在轉為泥濘的紅土路上吃力地轉向。車燈驀地打在黑夜中，閃現出兩座蓋著鐵皮屋頂的簡易木屋，先是路的一邊，然後是另一邊。靠近第二座木屋，在右手邊，一座由粗製木樁搭成的塔樓在薄霧中浮現。由塔頂伸出一條金屬纜線，不見其固定點，但愈下降至車燈光線範圍則愈閃閃發亮，最後隱沒在截斷道路的邊坡後方。車速漸緩，在木屋數公尺前停了下來。

從駕駛右側下車的男人費勁地把自己從車門擠出來。站直後，那彪形大漢的龐大身軀搖搖晃晃了一陣。他待在車旁暗處，因疲憊而無精打采，沉甸甸地立定在土地上，似乎聽著打空檔的引擎聲。接著他朝邊坡方向走去，進入了車燈的錐形光束裡。他在斜坡最高處停下，碩大的背部輪廓被勾勒在夜幕之中。過了片刻，他回過身來。駕駛黑黑的臉龐在儀表板上方發著微光，笑盈盈的。男人打了個手勢；駕駛把火熄了。剎那間，整片帶著涼意的寂靜降臨在車道與森林之上。流水的聲音已然可聞。

男人看著下方的河流，唯有一大片幽暗廣闊、粼光爍爍的律動透露出它的存在。遠遠的對面是一片更為濃重凝滯的夜，應當就是河岸。然而，定睛細看，那毫無動靜的岸邊卻可看見一道暗黃火光，猶如遠方的一盞玻璃油燈。彪形大漢轉身朝車子點了點頭。駕駛熄滅車燈，再將車燈打亮，讓車燈規律地閃著。邊坡上方，男人一下出現，一下消失，每次現身都愈來愈高、愈來愈龐大。突然，河的彼岸，有一隻看不見的手臂數度將一盞燈在空中舉起。在探路人的最後信號下，駕駛將車燈完全熄滅。車子和男人隱沒於黑夜裡。車燈已熄，河流隱約可見，或至少可見幾條長長的水紋肌理斷斷續續透出亮光。馬路兩旁，闃黑的濃密森林浮現在半空中，彷彿近在咫尺。一小時前濡濕了車道的細雨依舊飛舞在溫暖的空氣中，使原始林中這片寬闊林隙的靜寂更加凝重。濛濛星子在漆黑天空中顫動。

然而彼岸傳來愈見明顯的鐵鍊聲和微弱的淙淙水聲。木屋上方，在依然等待著的男人右邊，纜線繃緊了起來。一陣悶悶的嘎吱聲開始沿纜線傳來，河床也同時升起劃過河水的聲音，漫無邊際，又隱隱約約。嘎吱聲逐漸規律，流水聲更加擴大，然後變得清晰，燈也愈來愈大。此時已能清楚辨認出包裹著燈的泛黃光暈。光暈逐漸擴散，又再次縮小，而閃爍的燈火穿透霧氣，開始照亮上方及周圍由粗大竹竿撐起四個角落的乾棕櫚葉棚頂。這座四周晃動著模糊暗影的簡陋草棚緩緩朝河岸前進。大約來到河心的時候，在黃色光線下，三個打著赤膊、膚色近黑、戴著尖錐型帽子的矮小男子清楚可見。他們雙腿微開，保持不動，身體微微前傾以對抗河流強勁的偏移力，一條被看不見的河水沖擊著的大型簡易渡筏最後才顯現於黑夜與流水之中。當渡筏更接近時，男人看見草棚後方，下游方向，有兩個高大的黑人，他們一樣戴著寬大草帽，僅穿著一件米黃色長褲。他們肩並著肩，用盡全身肌肉的力量，把篙朝渡筏尾端慢慢插入河中，同時黑人們以同樣的慢動作向河水傾身，直到快要失去平衡。船首那三個穆拉托人紋風不動，沉默不語，看著河岸漸漸拉近，卻未抬頭看一眼正在等候他們的那個人。

渡筏冷不防撞上了一座伸入水中的渡口外緣，在因撞擊而晃動不止的燈光下，渡口才顯現了出來。那些高大黑人手舉得比頭還高，緊緊握著插得不甚深的篙的尾端，他們靜止不動，但肌肉緊繃，不斷發出似乎傳自河水本身及水流衝擊的微顫。其他的渡船人把鐵鍊拋繞上渡船口的繫船柱，跳上渡口的木板，然後放下某種做為簡易吊橋的板子，傾斜著蓋上渡筏前端。

男人回到車上，駕駛發動引擎。車子緩緩駛上邊坡，引擎蓋先朝天，接著朝下方河流切入斜坡。煞車踩著，車子在泥濘中一邊前行，一邊略微打滑，時停時進。車子在木板彈跳的聲響中駛上渡口，來到兩側站著始終沉默不語的穆拉托人的渡口前緣，緩緩朝下駛上渡筏。前輪一上渡筏，筏的前端一下子便立即沉入水中，接著又馬上浮起，承載整部車子的重量。駕駛隨後將車一直開到後方，停在懸著油燈的方型棚頂前。穆拉托人旋即將傾斜木板收回渡口，一口氣跳上渡筏，同時將船推離泥濘的岸邊。河流支持著渡筏，將它舉到水面之上，渡筏連接著半空中沿纜線移動的長條金屬杆，緩緩漂流。高大黑人們此時停止使力，把篙收回。男人和司機從車裡出來，靜靜來到筏邊站著，面向上游。方才的過程中都沒有人開口說話，現在也是，眾人站在各自的位子，動也不動，沉默無語，除了一個高大的黑人用粗紙捲起了一根菸。

男人看著河流從壯闊的巴西森林湧出並朝他們流淌而下。河道在此有數百公尺寬，混濁濃滑的河水被河流推向船舷，重獲自由後淹上渡筏兩端，又回復為單一一片強勁水流，穿越黑暗森林，悠悠流向大海與黑夜。一陣噁膩的氣息，或來自河水，或來自吸飽水氣的天空，在空中瀰漫。此刻可以聽見沉沉的河水拍打船底，和兩岸傳來時斷時續的牛蛙叫聲與詭異鳥鳴。彪形大漢朝司機走近。矮瘦的司機正靠著草棚的一根竹竿支柱，兩手插在本為藍色而現已蒙上他們吃了一整天的紅土沙塵的連身工作服口袋。他年輕卻滿面風霜的臉上漾起大大的笑容，他正望向仍在濕漉漉的天空中載浮載沉的黯淡星子，卻視而不見。

然而鳥啼聲更加清晰可聞，還加入了無名的吱吱喳喳，幾乎同時，纜線開始嘎嘎作響。高個兒黑人們把篙深入水中，動作如盲人般瞎探著河床。男人轉向他們方才駛離的河岸。輪到它被黑夜與河水覆蓋，無垠、狂野，如同那綿延至幾千公里之外由林木形成的大陸一般。在臨近的海洋和這片樹海之間，這一小群此時此刻在一條野蠻河流上順水漂蕩的人們當下恍如迷航。當渡筏頂到了又一座渡口時，宛若歷經多日船纜全斷、隨波漂流的驚恐航行後，他們在茫茫黑暗中的一座孤島靠岸。

登陸了，終於得以聽見這些男人們的說話聲。司機剛付了他們錢，他們以濃重夜裡顯得格外愉快的聲音，操著葡萄牙語向再次啟程的汽車道別。

「他們說六十，伊瓜佩的公里數。你開三小時，然後就沒了。蘇格拉底很高興。」司機宣布。

男人笑了，他的笑開懷、渾厚且熱情，恰如其人。

「我也是，蘇格拉底，我也很高興。這土路可不輕鬆。」

「太重了，達哈斯特先生，你太重了。」司機也笑得停不下來。

車行速度加快了些。車子在高聳的樹牆和交纏的植被間、在萎靡甜膩的氣味中行駛著。發光飛蟲在黑漆漆的林中四處穿梭，紅眼睛的鳥飛上擋風玻璃振翅片刻。偶爾還有貓科動物的詭譎嘶吼從暗夜深處傳來，司機的眼睛滑稽地轉啊轉的，看著他的同伴。

路東拐西彎，跨過小溪流上搖搖晃晃的木板橋。一小時後，薄霧開始變濃。下起了毛毛雨，暈開了車燈的光線。車子震得厲害，卻不影響達哈斯特陷入半睡半醒的狀態。他們已不再行駛於潮濕的森林中，而是又回到早上出聖保羅後走過的山脈公路。放眼望去，路的兩側覆蓋著草原稀疏植被的紅色塵埃在土路上不斷揚起，滋味仍在他們口中久久不去。沉重的陽光，滿布山溝的蒼白群山，途中巧遇的枯瘦瘤牛，和唯一伴他們同行的羽翼稀疏疲憊飛行的美洲禿鷲，那跨越紅色荒漠的好長、好長的航行……他猛然驚醒。車子停下來了。他們現在到了日本：道路兩旁盡是樣式巍巍顫顫的屋舍，屋裡閃過穿著和服的身影。司機和一個穿著髒兮兮工作服、戴著巴西草帽的日本人講著話。車子隨後再次啟動。

「他說只有四十公里。」
「我們在哪裡？東京嗎？」
「不，在雷吉斯卓。我們這邊所有的日本人都來這裡。」
「為什麼？」
「不知道。他們是黃種人，你知道，達哈斯特先生。」
倒是森林漸疏了些，道路雖然有些滑，但變得比較好走了。車子在沙上滑行。從車門透進一道潮濕、溫暖、有點嗆鼻的風。
「你聞，」司機帶著迫不及待的神情說道，「是大海。伊瓜佩快到了。」
「如果我們汽油夠的話，」達哈斯特說。
然後他又安穩地睡去。

——————

一大清早，達哈斯特坐在床上，詫異地看著他剛醒來的房間。高高的牆壁直至中段才新刷上褐色石灰。更上方的牆面則在某個遙遠年代曾被漆成白色，現在條條泛黃痂狀物一路長到了天花板。兩排床鋪面對面，各有六張床。達哈斯特只看見他這排最遠處有張凌亂的床，床上沒人。可是他聽到左邊有聲響，轉身過去，只見蘇格拉底兩手各拿一瓶礦泉水，站在門前笑著。「美好回憶！」他說道。達哈斯特打起精神。是啊，昨晚市長讓他們入住的醫院就叫做「美好回憶」。「真的回憶，」蘇格拉底繼續說。「他們告訴我先蓋醫院，晚一點再蓋水。水蓋好以前，美好的回憶，吶，這是給你梳洗的刺刺的水。」他邊笑邊哼哼唱唱地離開了，看來並沒有因為打了整晚讓達哈斯特徹夜未闔眼的劇烈噴嚏而有絲毫疲憊。

現在達哈斯特完全清醒了。透過對面窗戶的鐵欄杆，他瞥見一個被雨淋濕的小紅土庭院，雨水無聲無息地下在一叢巨大的蘆薈上。一個女人經過，一條打開的黃色絲巾舉在頭上。達哈斯特躺回床上，又旋即坐起，下了床，床因為他的重量而凹陷下去還嘎吱作響。蘇格拉底在同一時間進來：「換你，達哈斯特先生。市長在外面等。」不過當他見到達哈斯特的模樣後說：「別擔心，他從來都不急。」

用礦泉水刮過鬍子後，達哈斯特走出門，來到這棟矮樓的門廊下。那身形和戴金邊眼鏡的模樣活像一隻親切水獺的市長，似乎陷入了對雨的乏味沉思中。然而他一見到達哈斯特便露出一抹迷人的微笑，讓他像變了一個人似的。他挺起矮小的身體，忙不迭向前，還試圖舉起手臂環繞「工程師先生」的上半身。就在此時，有輛轎車在他們面前煞車，就在庭院矮牆的另一邊，車子在濕滑的黏土上打滑，歪歪斜斜地停了下來。「法官來了！」市長說道。法官和市長一樣穿著海軍藍的服裝。不過他年輕許多，或者至少由於體態修長又有張帶著驚訝神情的青少年般的紅潤面容，使他看來如此。此時他正穿越庭院，同時儀態翩翩地避開水灘，朝他們而來。離達哈斯特尚有幾步之遙，他已伸長雙臂歡迎他的蒞臨。能接待工程師先生他深感驕傲，他的大駕光臨是這寒酸小城的榮幸，工程師先生即將建造的這座將能防治低窪地區定期氾濫的小堤防，為伊瓜佩帶來的貢獻實在無以衡量，他由衷感佩。治理河流，馴引河水，哎呀！這是多麼偉大的職業，伊瓜佩的可憐老百姓定會將工程師先生的美名銘刻在心，甚至多年之後仍將不忘為他禱告祈福。達哈斯特在如此的魅力與美言之前甘拜下風，向對方表示謝意，也不敢再想究竟法官與堤防之間可以有什麼關連。此外，市長表示該移駕俱樂部了，本市的顯要賢達期盼在去視察低窪地區之前，能隆重歡迎工程師先生。這些顯要賢達是哪些人？

「這個嘛，」市長說，「我本人，以市長的身分；卡瓦佑先生，就是在場的這位；港埠警隊長，還有其他幾位比較無關緊要的人物。此外，您大可不用費心，他們不會說法文。」

達哈斯特喚來蘇格拉底，告訴他快中午時再和他碰面。

「好，沒問題。」蘇格拉底說。「我會去噴泉公園。」

「去公園？」

「對，大家都知道。不用擔心，達哈斯特先生。」

達哈斯特出來時才發現這座醫院修築在森林邊緣，一大片茂密繁盛的枝葉就要將屋頂覆蓋。整座濃密森林如巨大海綿，靜悄悄地吸收著此刻如薄紗般落在一整片林木表層的濛濛雨霧。這座城鎮約有百來棟鋪著褪色舊瓦的房舍，房舍延展於森林與河流間，遠處河流的氣息一路傳到了醫院。車子先開進了濕濕軟軟的路，幾乎馬上又駛入一座四方型廣場，廣場相當大，無數水窪間的紅黏土上印著輪胎、馬車鐵輪和馬蹄的痕跡。有著色彩繽紛粗塗灰泥牆面的低矮房舍環繞著廣場四周，廣場後方可望見一座藍白相間殖民風格教堂的圓型雙塔。在這個不帶其他修飾的場景上空飄著一股自河口吹拂而來的鹹味。廣場中央幾個濕答答的人影漫無目的遊蕩。沿著房屋，一大群高卓人、日本人、印第安混血和穿著深色西裝而在此顯得別具異國風情的優雅名流，以緩慢的步伐和不疾不徐的動作來來往往。他們慢條斯理地避開車子，讓出通道，然後停下腳步，目送車子離去。若有車子在廣場上某棟屋子門前停下，一群濕漉漉的高卓人就會默默地將車子圍成一圈。

俱樂部類似小酒吧，位於二樓，有一座竹吧檯和一些白鐵小桌，來了人數頗眾的名流顯要。在市長舉杯歡迎達哈斯特的蒞臨並祝他萬事如意之後，在場人士皆飲下甘蔗酒向達哈斯特致敬。然而當達哈斯特在窗邊喝著酒時，一個穿著馬褲綁腿、手長腳長又笨手笨腳的瘦高個兒踉踉蹌蹌地朝他而來，發表了一段急促又意義不明的言論，工程師唯一只聽懂了「護照」這個詞。他遲疑半晌，然後拿出護照，被對方一把搶去。逐頁翻閱過護照後，瘦高個兒明顯面露不悅。他重拾他的言論，貼近工程師的鼻子下方甩著那本小冊子。工程師則平心靜氣，只是注視著爆怒之人。這時法官面帶微笑前來，探問所為何事。那醉漢把這個斗膽打斷他的弱不禁風的傢伙打量了一番，他搖搖晃晃地更加危危可岌，接著又在他的新談話對象眼前甩起那本護照。達哈斯特泰然地在一張桌子旁坐下等待。兩人的對話變得非常激動，突然間，法官用想像不到他發得出來的音量首次高聲咆哮。完全出乎意料之外，瘦高個兒忽然像個做錯事的小孩一樣畏縮了。在法官的最後命令下，他像個受到處罰的偷懶學生狼狽地朝門口走去，然後消失無蹤。

法官隨即上前，以回復平和的嗓音，向達哈斯特說明這位粗鄙的傢伙是警察局長，竟然膽敢宣稱護照不符規定，他將為他的失禮冒犯接受懲處。接著卡瓦佑先生對著圍成一圈的顯貴賢達說話，似乎在徵詢他們什麼。經過短暫討論後，法官向達哈斯特致上最鄭重的歉意，懇請他接受唯有酒醉得以解釋此番把伊瓜佩全市對他的尊敬與感佩忘得一乾二淨的情事，最後還請求他務必親自決定如何處罰這個闖下大禍的傢伙。達哈斯特說他不想處罰，這不過是件微不足道的小插曲罷了，他更急著去河邊看看。市長此時以非常和善親切的口吻發言，肯定要處罰，真的，是一定要的，罪人將繼續扣押，而他們全體都會殷切等待他們尊榮的貴賓裁定處置辦法。不論如何抗議都無法使這笑意盈盈的嚴峻立場有所動搖，達哈斯特只好應允會再想想。眾人接著決定去訪視貧窮的低窪地區。

黃濁河水已然大範圍漫上又低又濕滑的河岸。他們已離開伊瓜佩最外圍的房屋，來到河流與一道很高的陡坡之間，坡上攀著以泥土和枝條搭建而成的土屋。他們前方、路堤的盡頭處再次進入森林，毫無緩衝，河對岸亦然。然而林間水流穿越的空隙迅速變大，一直到一條與其說是黃色、更像是灰色的模糊界線，那就是大海。達哈斯特一言不發便往高坡走去，坡上仍留有高低不一的近期氾濫的痕跡。一條泥濘小徑向上通往土屋群。屋舍前面有些黑人一聲不響地站著，注視著這些新來乍到的人。幾對男女手牽著手，而整條路堤邊，在大人前面，有一排稚嫩的黑人小孩，他們腹部鼓脹、下肢纖弱，圓圓的眼睛睜得大大的。

到了土屋前面，達哈斯特揮手找港埠指揮官過來。他是個愛笑的肥胖黑人，穿著一套白色制服。達哈斯特用西班牙語問他能否參觀土屋。指揮官表示當然可以，他甚至認為這個主意很好，工程師先生將可看到很有意思的東西。他對黑人們說了很久的話，邊說邊指著達哈斯特和河。其他人聽著，不發一語。指揮官語畢，沒有人動作。他再次說起話來，聲音透出不耐。接著他質問了其中一個男人，那人搖了搖頭。指揮官這下子用下達命令的語氣說了幾個簡短的字。男人從人群中走出來，面對達哈斯特，做了個手勢為他指路。可是他的眼神帶有敵意。這個人頗為年邁，一頭短髮濃捲而灰白，面容削瘦枯槁，體格卻仍顯年輕，有著乾瘦有力的肩膀，布褲和破襯衫下的肌肉明顯可見。他們往前走，指揮官和那群黑人尾隨於後，他們爬上另一座高坡，坡度更陡，以泥土、馬口鐵和蘆葦建造的屋子幾乎難以抓牢地面，還必須以大石塊加強底部的支撐度。他們遇見一個女人，她正赤腳從小徑下來，步伐偶爾打滑，頭上高高頂著一個盛滿水的鐵桶。隨後，他們抵達一個由三棟土屋包圍的類似小廣場的地方。男人朝其中一棟走去，推開一扇用樹藤充當門片鉸鏈的竹門。他默默退到一旁，一句話也沒說，依然面不改色地盯著工程師看。在土屋裡，達哈斯特起初什麼都看不見，只看到一團將熄的火堆，就在屋子正中央的地面上。接著，他在屋內深處一個角落認出了一張床底凹陷、沒有床墊的銅床，在另一個角落辨識出一張堆滿陶土碗盤的桌子，兩者之間尚有某種支架，上面端放著印有聖喬治像的彩色印刷卡。除此之外，僅有進門右手邊的一堆破爛衣物，和天花板上幾條色彩繽紛的纏腰布，掛在火盆上方烘乾。達哈斯特靜靜站著，聞著由地面裊裊上升令他難以呼吸的燻煙與赤貧的氣味。指揮官在他後面拍了拍手。工程師回過身，站在門口，背光下，只看見一個年輕黑人女孩的婉約身影向他走來，給了他什麼東西：他接過一只玻璃杯，飲下杯中濃濃的甘蔗酒。女孩把盤子遞向他，接過空杯走了出去，她的姿態是如此輕柔、如此靈動，達哈斯特一時之間起了留她下來的衝動。

可是，跟隨她走出小屋後，他卻無法在聚集於小屋周圍的黑人和顯貴中認出她來。他向那位上了年紀的男子道謝，對方一語不發地向他彎身致意。然後他就離開了。後頭的指揮官繼續他的解說，詢問里約法國會社何時可開工，還有堤防能否在雨季前完成。達哈斯特不知道。老實說，他的心思不在此處。微微細雨中，他朝帶著涼氣的河流下行。他依舊聽著這股自他抵達後即不斷傳入耳際，卻說不上來究竟源自河水汩汩還是樹木瑟瑟的廣袤壯闊之聲。來到河岸上，他看著遠方模糊難定的海平線、那數千公里的孤寂水域、非洲，還有，在那更遠之處，他所來自的歐洲。

「指揮官，」他說，「我們剛才造訪的這些人以何為生？」

「需要他們的時候他們就有工作。」指揮官說。「我們很窮。」

「這些人是最窮的嗎？」

「他們是最窮的。」

就在此時，精美皮鞋下腳步微微打滑的法官抵達，表示他們已經喜歡就要賜給他們工作的工程師先生了。

「此外，您知道嗎，」他說，「他們每天都唱歌跳舞。」

然後他話鋒一轉，問起達哈斯特對懲處一事是否已有考慮。

「什麼懲處？」

「這個嘛，就是我們的警察局長。」

「別為難他了。」法官表示不可能，非得處罰不可。達哈斯特已逕朝伊瓜佩的方向步行而去。

——

小小的噴泉公園在綿綿細雨下顯得神祕恬靜，瑰異的花朵一簇一簇在香蕉樹和林投樹間順藤而下。成堆的濕潤石頭標記著小徑交會之處，此時往還著五顏六色的人群。混血種、穆拉托人還有幾個高卓人或低聲交談，或以相同的緩慢步伐沒入竹林小徑，直到樹叢與矮林變得更加濃密，直到無法進入。而毫無中間地帶，森林就從此處開始。

達哈斯特在人群中找尋著蘇格拉底，蘇格拉底冷不防在他背後拍了他。

「現在在過節。」蘇格拉底邊笑邊說，還壓著達哈斯特高高的肩膀原地跳上跳下。

「過什麼節？」

「咦！」蘇格拉底現在面對著達哈斯特，一臉驚訝。「你不知道？仁慈耶穌節。每年大家都帶槌子來這個岩洞。」

蘇格拉底指著的不是一座岩洞，而是看來像在公園一隅等候的一群人。

「你看！有一天，耶穌的塑像從大海沿河往上漂，漂到了這裡。被漁民找到了。好漂亮！好漂亮！所以他們在岩洞裡把它洗乾淨。然後現在就從岩洞長出了一塊石頭。每一年都要慶祝。用槌子，你打，你打小塊小塊，神會降福。還有你知道嗎，石頭一直長大，一直你打。這是神蹟。」

他們到了岩洞，越過等待群眾的頭頂看見了低低的入口處。洞窟內部，在閃動燭火點點照亮的陰暗中，一個蹲著的人形正拿著一只槌子敲打。那是一個留著長長山羊鬍的細瘦高卓人，他起身從岩洞出來，打開的掌心上有一小塊濕濕的片岩，幾秒鐘後，在他離去前，他小心翼翼地將手闔上。隨後另一個男人彎身進入岩洞中。

達哈斯特轉過身。前來朝聖的人們在他周圍等待，沒有看他，身處自林木落下如薄紗般的雨中，他們無動於衷。他也在等，在這座岩洞前，在一樣的雨霧下，但他不知道在等什麼。說真的，來到這個國家已有一個月，他沒有停止等待過。白天潮濕的赤熱裡，夜晚微小的星子下，他等待著，不顧有任務在身，有堤防要蓋，有路要開，彷彿他來此執行的工作僅是個藉口、一個意想不到之事會發生的機緣，或是一個根本在他想像之外，卻早已在世界盡頭靜候著他的一場相遇。他振作起精神，他的離開並未引起這一小群人中任何人的注意，然後他往出口走去。該返回河邊工作了。

可是蘇格拉底在門口等他，他正全神貫注地與一個矮胖、粗壯、膚色黃多於黑的男子嘰嘰喳喳地說著話。男子的頭髮剃得精光，使那有著優美弧型的前額顯得更高了。他細滑的大臉卻留著修剪成方型的濃黑落腮鬍。

「這個人，冠軍！」蘇格拉底如此介紹他。「明天他要遊行。」

男子穿著粗嗶嘰布料縫製的水手服，水手短外套下是一件藍白條紋的針織背心，他以那雙烏黑沉靜的眼睛仔細打量達哈斯特。他同時咧嘴微笑著，肥厚有光澤的雙唇之間露出了非常潔白的牙齒。

「他會說西班牙話。」蘇格拉底說道，轉向這位陌生人：「跟達哈斯特先生說。」接著他便手舞足蹈地朝另一群人而去。男子止住微笑，改以不加掩飾的好奇眼神看著達哈斯特。

「你有興趣嗎，船長？」

「我不是船長。」達哈斯特說。

「沒有關係。可是你是領主。蘇格拉底告訴我了。」

「我不是。不過我的祖父生前是。他的父親還有他父親之前的都是。現在我們的國家已經沒有領主了。」

「啊！」這個黑人笑著說，「我明白，大家都是領主。」

「不是的，不是這樣。現在既沒有領主也沒有平民。」

對方想了一會兒，然後打定主意。

「沒有人工作，沒有人受苦？」

「有，好幾百萬人。」

「那就是平民。」

「這麼說的話，是的，是有平民。但是主宰他們的是警察或商人。」

這個穆拉托人和藹可親的臉龐皺了起來。接著他發起牢騷：「哼！一手買，一手賣，嗯？骯髒東西！還有警察，盡是狗娘養的在發號施令。」

緊接著他大笑出聲。

「你呢，你不賣東西？」

「幾乎不賣。我做橋、造路。」

「好啊，這個！我呢，我是船上的大廚。你要的話，我給你做一道我們這邊的黑豆。」

「好啊。」

隨船大廚靠向達哈斯特，抓起他的手臂。

「你聽我說，我喜歡你說的。我也要跟你說。你說不定也會喜歡。」

他把他拉到入口處旁，在一叢竹子底下濕濕的木頭長椅上坐下。

「當時我在海上，在伊瓜佩外海一艘沿海岸線給各港口補給油料的小油輪上。船上起火了。欸，不是我的錯喔！我可是很專業的！不是，就是遇到了不幸！我們及時放下了救生艇。半夜風浪變大，把小艇捲翻了，我也落水了。我浮出水面的時候頭撞到了小艇。我就在海裡漂流。夜很黑，水勢洶湧，我又不太會游泳，我很害怕。突然間，我看見遠方有一道光，認出了伊瓜佩慈祥耶穌教堂的穹頂。所以我就跟慈祥的耶穌說，如果祂救我一命，遊行的時候我就背一塊五十公斤的石頭在頭上。你不相信我吧，可是風浪平靜了，我的心也平靜了。我慢慢地游，心裡很高興，然後就到了岸邊。明天我就會信守承諾還願。」

他忽然滿臉狐疑地看著達哈斯特。

「你不會笑我吧？」

「我不會笑。答應的事就必須做到。」

對方拍了拍他的肩膀。

「現在來我兄弟家，就在河邊。我煮豆子給你吃。」

「不行，」達哈斯特說，「我還有事。你願意的話，今天晚上可以。」

「好吧。可是今天晚上我們要在大屋子跳舞跟禱告。今天是慶祝聖喬治的日子。」

達哈斯特問他是否也要跳舞。大廚頓時板起了臉。他的眼神第一次變得游移閃躲。

「沒有，沒有，我沒有要跳舞。明天要背石頭。石頭很重。我今晚會去，去慶祝聖喬治。然後我會提早離開。」

「慶祝儀式會持續很久嗎？」

「一整夜，還會到早上。」

他看著達哈斯特，神色依稀帶著羞愧。

「跳舞的時候你也來吧。然後你要把我帶走。不然，我就會留下來，我就會跳舞，我會沒辦法克制自己。」

「你喜歡跳舞嗎？」

大廚的眼裡閃爍著期待不已的光芒。

「喔，對，我很愛。然後還會有雪茄、聖者和女人。我們會把所有的事忘得一乾二淨，也不必再服從別人的命令。」

「會有女人？城裡所有的女人嗎？」

「城裡的不會，土屋的會。」

大廚又找回了笑容。

「來吧。船長的話我服從。而且你明天要幫助我信守承諾。」

達哈斯特感到一絲不快。這個荒謬的承諾與他何干？可是他看著這張俊美坦率的面容，笑意中滿是信任，黑色的皮膚煥發著健康和生命力。

「我會來。」他說。「現在讓我陪你走一段。」

不知為何，他腦中同時又浮現那個年輕黑人女孩端給他迎賓獻禮的身影。

他們從公園出來，行經幾條泥濘的路後，來到那個布滿坑窪的紅土廣場，四周房屋的低矮，使廣場更顯寬闊。粗塗灰泥牆面此刻流淌著濕氣，即使雨勢並未增大。河流與樹木的微弱聲響穿過吸飽水氣的海綿天空依稀傳到他們的耳中。他們並肩前行，達哈斯特的步伐沉重，大廚的步伐則輕快有力。大廚三不五時仰起頭對他的同伴微笑。聳立於房屋之上的教堂舉目可見，他們往教堂的方向走，來到廣場的盡頭，又沿著幾條正飄著嗆鼻食物味道的泥濘道路前行。偶有女人拿著盤子或是烹飪器具，從其中一扇門內探出好奇的臉，迅即又消失無蹤。他們經過教堂前，又深入一個老街區，在同樣的低矮屋舍間行進，接著驀地闖入河水聲中，卻不見屋群後方的河影。達哈斯特認出了這些土屋群。

「好了。我要走了。今晚見。」他說。

「好，教堂前見。」

然而大廚卻抓著達哈斯特的手。他猶豫不決。然後拿定主意：

「你呢，你從來沒有呼喚過上天，發下什麼願嗎？」

「有，我想有過一次。」

「也是船難嗎？」

「可以這麼說。」達哈斯特猛然抽回他的手。可是就在他轉身離去時，對上了大廚的眼神。他遲疑了一會兒，露出微笑。

「我可以告訴你這件事，雖然一點也不重要。有人因為我的錯差點死了。我好像向上蒼呼喊過。」

「你有發願嗎？」

「沒有。我應該要發願的。」

「很久以前了嗎？」

「就在來到這裡之前。」

大廚兩手抓著他的鬍子。眼睛炯炯發亮。

「你是位船長。」他說。「我的家就是你的家。而且你要協助我還願，就好比是完成你發下的願一樣。這樣也能幫到你。」

達哈斯特笑笑。「我不認為。」

「你很驕傲，船長。」

「以前我很驕傲，現在我孑然一身。你只要告訴我一件事：你的慈祥耶穌每次都會回應你嗎？」

「沒有每次，船長！」

「所以？」

大廚像孩子一樣開朗大笑。

「嘿，」他說，「祂是自由的，不是嗎？」

在達哈斯特與大人物們共進午餐的俱樂部，市長告知他必須在市政廳的訪客留言簿上簽字，至少要為他蒞臨伊瓜佩這件盛事留下見證。至於法官則想出兩或三句新的客套話，除了稱頌他們這位來客的德行與才華，也讚譽他以如此的敦厚樸實對他們展現了他有幸代表的那個泱泱大國。達哈斯特只說一方面他有這份榮幸，這確實是種榮幸，他深信不疑；另一方面他的公司標到這些長期工程，也得到了好處。法官聽了這一席話，對此般謙遜讚嘆不已。「對了，」他說，「您是否已思考了我們該如何處置警察局長的辦法？」達哈斯特笑笑地看著他。「我想到了。」他認為若能以他個人名義寬恕這個莽夫，使他本人的造訪——他實在萬分高興能夠結識伊瓜佩這個美麗的城市和此地慷慨好客的居民——能在和諧與友誼的氣氛中展開，這將是一份惠予他個人的人情，和極其難能可貴的恩典。面帶微笑專心聽著的法官點點頭。他以內行人的角度對這個說法思忖了片刻，隨後要求在場人士為偉大法國這般寬大為懷的傳統鼓掌，並再次轉向達哈斯特，宣布自己非常滿意。「既然如此，」他做下結論，「今晚我們就與局長共進晚餐。」可是達哈斯特說他已受朋友之邀，要去土屋那邊參加舞蹈儀式。「啊，好！」法官說。「我很高興您要去。到時您就會明白，我們的子民讓人無法不愛。」

---

當晚，達哈斯特、大廚和他的兄弟在工程師早上已造訪過的土屋中央，圍著餘燼而坐。大廚的兄弟再見到他，並未顯出訝異之色。他幾乎不會講西班牙

語，大多時候僅僅點頭搖頭。大廚則問了一些關於大教堂的事，然後發表起關於黑豆湯的長篇大論。此時此刻，太陽幾乎完全下山了，達哈斯特還看得到大廚和他的兄弟，卻已看不清楚小屋深處盤坐著的老嫗和再次為他服務的少女的輪廓。下方傳來千篇一律的河水聲。

大廚起身，說：「時間到了。」他們站了起來，但女人們保持不動。僅有男人們出了門。達哈斯特有些遲疑，隨後跟上其他人。此刻夜幕已垂，雨已停歇。蒼黑色的天空彷彿仍為液體狀態。它那低掛在海平面上清澈幽黯的水裡，點點星子開始亮起。星星幾乎旋即暗去，一顆一顆掉入河裡，好似天空一滴一滴落下僅存的光亮。濃重的空氣是水和炊煙的氣味。明明靜止不動的廣袤森林卻傳來近在咫尺的微聲。忽然，鼓聲與吟唱在遠處揚起，起先微弱，隨後清晰，愈來愈靠近，又戛然而止。一群黑女孩隨即出現在眼前，穿著腰線非常低的粗絲白袍。一個身著紅色寬袖罩衫、衣服上掛著五顏六色牙齒項鍊的高大黑人尾隨於後，他的後面則是一隊穿著白色睡衣行伍零亂的男人，和帶著三角鐵及一種面寬而短的鼓的樂師們。大廚說要跟他們一起走。

他們從最外緣的土屋再沿河岸走了幾百公尺，來到一間很大、很空、內牆粗塗灰泥、還算舒適的土屋。地上是泥土整平的地面，屋頂以茅草和蘆葦枝搭成，由一根中柱支撐，牆上空空如也。屋子深處有座鋪著棕櫚葉、擺滿勉強照亮室內一半空間的蠟燭的小祭壇，可以看見上面有張非常精美的彩色印刷卡，呈現的是一個瀟灑帥氣的聖喬治正在戰勝一頭長了鬍鬚的龍。祭壇底下是某種壁龕，用包裝紙裝飾，一只漆成紅色的小黏土塑像，是一個長角的神，供奉在一根蠟燭和一碗水中間。祂高舉著一把銀紙做的無比巨大的刀，神情猙獰怒目。

大廚把達哈斯特帶到離門不遠的一個角落，他們靠牆站著。「這樣的話，」大廚喃喃地說，「我們離開的時候就不會影響別人了。」的確，屋子裡滿是男男女女，擠在一起。屋內已經熱起來了。樂師們來到小祭壇兩旁坐定。男女舞者分成兩個同心圓，男人在內圈。領頭的紅衣黑人前來站在圓心中央。達哈斯特背靠著牆，手臂在胸前交抱著。

然而領頭那個人穿過那圈舞者朝他們走來，神情嚴肅地對大廚說了幾句話。「把手鬆開，船長。」大廚說。「你把自己繃緊，你會阻止聖者降靈。」達哈斯特順從地讓手臂落下。他的背仍然緊貼壁面，那又長又粗笨的四肢、已然汗涔涔的大臉，讓他自己現在就像一個令人安心的獸神。那個高大的黑人看了看他，滿意了，回到他原來的位置。緊接著他用嘹亮的嗓音唱起一段旋律的頭幾個音，所有的人配合著鼓聲跟著同聲齊唱。這時兩個同心圓往相反方向旋轉起來，跳著一種又重又用力的舞步，近似一種腰部微微左右擺動的踏步。

愈來愈熱了。但是休息愈來愈短，停頓愈來愈少，舞步愈來愈急。不等其他人的節奏慢下來，高大的黑人沒有停下舞步，再次穿越同心圓走向祭壇。他帶回了一杯水和一根點燃的蠟燭，把蠟燭插在土屋中央的地上。他圍著蠟燭以同心圓的方式倒了兩圈水，然後，再次站直時，一雙發狂的眼睛舉向屋頂。他全身筋肉繃緊，動也不動地等著。「聖喬治降臨了。你看，你看！」大廚低聲地說，眼睛瞪得快要爆出來了。

果然，幾個舞者此刻呈現出神的模樣，不動的出神狀態，手置腰際，步子僵直，雙眼直視且無神。也有些人的律動加快，整個人抽搐起來，並開始發出口齒不清的叫喊。他們的叫聲愈來愈高，在交融為一聲集體嘶吼的當下，眼睛依然望向上方的帶領者也發出了幾不成句的一聲長嘯，在叫聲最高點不斷重複同樣的字句。「你看，」大廚壓低聲音說，「他說他是神的戰場。」達哈斯特被大廚聲音的改變嚇到了，他看著大廚，大廚身體前傾，拳頭緊握，眼神發直，原地踏著與其他人一樣有節奏的頓足之舞。他這才驚覺自己雖然沒有移動雙腳，卻也用盡全身重量舞了好一陣子。

然而鼓聲驟然狂放大作，高大的紅色魔鬼一下子變得激昂暴烈。他的眼睛在燃燒，四肢繞著軀幹打轉，他彎曲膝蓋，雙腿輪流承受身體的重量，先一條腿再另一條腿，律動持續加快，快到手腳最後會散掉那樣。激動之中他猝然停住，在一片震耳欲聾的鼓聲中看著在場的人，神情倨傲凶狠。馬上有位舞者從一個昏暗角落冒出，跪下來交給被附身者一把短劍。高大的黑人接過劍，依然不停眼觀四方，接著舉劍在頭頂上不斷揮舞。同時，達哈斯特瞥見大廚正在其他人中間跳舞。工程師並沒有注意到他已離開自己身旁。

忽明猶暗的泛紅光線裡，一陣令人窒息的塵埃由地面升起，使空氣濃稠到都沾黏在皮膚上。達哈斯特察覺困倦慢慢向他襲來；他的呼吸愈來愈困難。他甚至沒看到舞者們怎麼拿到了巨大的雪茄在抽著，舞仍然沒停，雪茄的奇異氣味瀰漫整間屋子，讓他有些飄飄然。他只看見大廚從身旁經過，依然跳著舞，一樣拿著雪茄吞雲吐霧。「不要抽，」他說。大廚悶吭了幾聲，腳步依舊隨節奏踩踏，表情像是被打量的拳擊手般直盯著中柱，整條頸項打著長而持續的顫慄。在他身旁是個虎背熊腰的黑女人，左右擺動著她動物般的臉，不停地吠叫。而那些黑人年輕女孩尤其陷入了最可怕的失神狀態，她們的腳黏在地上，整個身子從腳到頭在痙攣，愈接近肩膀就愈劇烈。她們的頭部前後甩動，宛如被砍頭般與軀體分開。與此同時，所有的人都開始不斷號叫，叫聲綿長、集體、不帶表情，沒有明顯換氣，沒有高低起伏，彷彿這些身體全身上下、肌肉神經通通交纏在一起，將他們每個人內心的話語化為唯一一道聲嘶力竭，付予一個在此之前完全沉默無聲的存在。未待呼喊聲停歇，女人們一個接著一個開始倒下。帶頭的黑人在每個女人身旁跪下，用他滿是黑色肌肉的大手掌急促狂亂地按壓她們的太陽穴。接著她們重新站了起來，步履搖搖晃晃，再次跳起舞並叫喊起來，起先小小聲的，然後愈來愈高、愈來愈快，直到再次倒下，再站起來，又重新再來一次，這樣過了很久很久，直到全體的喊叫聲微弱下來，起了變化，漸次退至一種使她們陣陣抖動的沙啞吠叫。達哈斯特精神不繼，肌肉因跳了久久的不動舞步而僵硬，也被自己的無語悶到窒息，感覺自己快要倒下了。熱氣、塵土、雪茄的煙、人的氣味此刻讓空氣完全無法呼吸。他的視線四處尋覓大廚：他早已不見蹤影。就這樣，達哈斯特忍著一陣暈眩，讓自己沿牆滑下，蹲在地上。

當他張開眼睛時，空氣還是一樣悶，但是叫嚷聲已經停止。只剩下鼓聲持續的低沉節拍，伴隨著屋內四處一群群披著白布的人們頓足踏步。但在杯子和蠟燭已經移走的屋子中央，有一群處於半催眠狀態的年輕黑人女孩，她們不疾不徐地跳著舞，總是差一點點就要落在節拍之後。雖然眼睛閉上，身子卻站得直挺挺的，她們踮著腳尖，幾乎原地不動地前後輕輕擺動。其中有兩個女孩非常肥胖，臉部被棕櫚簾蓋住。她們包圍著另一位少女，這位扮裝少女高䠷、清瘦，達哈斯特頓時認出她正是他造訪過的人家的女兒。她身著綠色長袍，戴著前緣捲起飾有劍客羽毛的藍色薄紗狩獵女帽，手中握著綠黃相間的弓，箭已在弦上，弦尖插著一隻彩色的鳥。她那秀氣的腦門微微後仰，在纖細婀娜的身體上款款擺動，沉睡的臉龐映出平靜純潔的惆悵。音樂停住時，她恍恍惚惚，腳步蹣跚。唯有鼓聲的強烈節拍像是某種隱形的藤蔓支架，支持著她那綿軟無力的柔媚舞姿盤繞其上，直到她的動作隨樂聲打住，腳步不穩近乎失去平衡，這時她發出了一聲奇異詭譎的鳥鳴，聲音尖銳卻悅耳悠揚。

達哈斯特被這慢舞迷住，正目不轉睛地看著這位黑皮膚的戴安娜[1]，此時

1 希臘羅馬神話中的狩獵女神。

大廚忽然出現在他面前，他滑潤的臉頰現在變了個樣。他的眼中已不見善良，獨獨映出一種前所未有的貪得無厭。他的親切消失了，好像對著陌生人說話似的：「很晚了，船長。」他說。「他們要跳一整晚，但現在他們不要你留下來。」頂著昏昏沉沉的頭，達哈斯特起身隨大廚沿著牆來到門口。到了門邊，大廚拉開竹子做的門，側身讓達哈斯特出去。達哈斯特轉身看著大廚，後者動也不動。

「來吧。待會還得背石頭呢。」

「我留下來。」大廚一臉固執地說。

「那你要還的願呢？」

大廚沒有回答，把達哈斯特一隻手就抵住的門一點一點往外推。他們就這樣僵持了一會兒，然後達哈斯特聳聳肩，鬆開手，離開了。

芳香新鮮的氣息瀰漫著整個夜。森林之上，南半球天空的稀疏星子被一道看不見的薄霧暈開，透著朦朧的光芒。空氣很濕很悶。然而，從土屋出來，這空氣卻清新地沁人心脾。達哈斯特爬上很滑的斜坡，回到最外圍的土屋，在坑坑窪窪的路上如醉漢般不時踉蹌。咫尺之遙，森林隆隆低鳴。河水聲愈來愈大，整片大陸在夜中浮起，一陣噁心襲上達哈斯特。他覺得想吐，可以的話，他想把這整個國度、這片廣袤大地的哀傷、森林慘綠色的光還有孤寂大河的汩汩水聲全部嘔吐出來。這片土地太過廣大，血液與四季在此融混蹂雜，時間化為液體。這裡的生活緊緊貼著土地，想要融入，就必須在泥濘或乾涸的泥土地上直接躺臥入睡，年復一年。遠方，在歐洲，是羞恥和憤怒。這裡，在這些萎靡和狂熱、為尋死而舞的瘋子間，是流放或寂寞。然而那沉睡美人發出的受傷鳥兒的奇異鳴叫，依然穿透盈滿植物氣息的潮濕夜晚，傳入他的耳中。

——

當達哈斯特脹著劇烈頭痛從惡夢中醒來時，潮濕的熱氣正輾壓著城鎮和靜止的森林。此刻他在醫院門廊下等待，看著停了的手錶，不確定當下的時間，驚訝於日頭已高和這片由市鎮升起的靜寂。一片幾近正藍的天空低低壓在最近的暗淡屋頂上。一群帶黃的禿鷲被熱浪定住不動，在面對醫院的房子上睡覺。其中一隻突然抖動身子，張開鳥喙，顯然準備飛去，那灰撲撲的翅膀在身上啪啪拍了兩下，飛離了屋頂幾公分，然後落下，幾乎馬上又睡著了。

工程師往城裡走去。大廣場空無一人，他剛才經過的路亦然。遠處，還有河的兩岸，一道低低的霧靄飄浮在森林之上。熱浪垂直落下，達哈斯特尋覓一個足以避蔭的角落。此時他看見一棟房子的雨遮下有個小個子男人向他揮手。他走近一些，原來是蘇格拉底。

「喲，達哈斯特先生，你喜歡那個慶典儀式嗎？」

達哈斯特說屋裡太熱了，他比較喜歡天空和夜晚。

「對，」蘇格拉底說，「你那邊只有彌撒。沒有人跳舞。」

他搓揉雙手，用單腳跳起轉了一圈，笑岔了氣。

「太誇張，他們太誇張了。」

然後他好奇地瞧著達哈斯特。
「你呢，你會去做彌撒嗎？」
「不會。」
「那你去哪？」
「哪兒也不去。我不知道。」
蘇格拉底還在笑。
「不可能！一個領主沒有教堂，還什麼都沒有！」
達哈斯特也笑了起來。
「對，你知道，我沒有找到我的位子。所以我離開了。」
「留下來跟我們在一起，達哈斯特先生，我愛你。」
「我也想，蘇格拉底，可是我不會跳舞。」
他們的笑聲在冷清小城的寂靜裡迴盪。
「啊，」蘇格拉底說，「我忘了。市長要見你。他在俱樂部吃午餐。」也沒支會一聲，他就往醫院方向離去。「你到哪裡去？」達哈斯特大喊。蘇格拉底模仿起打呼的聲音：「睡覺。待會遊行。」他半跑起來，又假裝打呼起來。

市長單純要提供達哈斯特一個看遊行的貴賓席位。他邊向達哈斯特解釋，邊邀他共享一道有肉有飯、口味足以讓癱瘓者再次活蹦亂跳的菜餚。會先到法官家面向教堂的陽臺看遊行隊伍出來。隨後再到位於一條通往教堂廣場的大街上的市政廳，那些懺悔者回程時會走這條路。由於市長必須親自參與儀式，達哈斯特將由法官和警察局長陪同。警察局長事實上人就在俱樂部裡，他不停地在達哈斯特身旁打轉，嘴上掛著都不會累的笑容，滔滔不絕地對他說著難以理解、但親切熱情不容置疑的言論。達哈斯特下樓時，警察局長衝向前去為他開路，替他把前面所有的門一扇一扇拉開。

整團炙烈的太陽下，依然空無一人的市鎮上，這兩個男人往法官家前進。路上只有他們兩人，唯有他們的腳步聲在一片寂靜無聲中迴響。可是，鄰近的街道忽地炮聲大作，把每戶人家的屋頂上那些頸子光禿禿的鷲鳥嚇得三三兩兩沉重困窘地飛走了。好幾十枝炮幾乎齊聲朝四面八方炸開，所有的門都開了，人潮開始由屋內湧入窄小的街道。

法官向達哈斯特表示能在自家陋舍接待他，他感到相當自豪，並領他由一道刷上藍色石灰的漂亮巴洛克階梯爬上二樓。到了二樓，幾扇門在達哈斯特經過時開了，幾個小孩探出棕黑色的頭，馬上又在一陣憋笑聲中消失無蹤。宴客廳建築優美，僅擺放著幾件藤製傢俱和一些鳥兒吱吱喳喳啼叫不休的大鳥籠。他們入座的陽臺面向教堂前的小廣場。人群現在開始擠進廣場，他們出奇安靜，在自天空傾瀉而下肉眼幾乎可見的熱浪底下動也不動。只有孩子們繞著廣場奔跑，跑著跑著忽然停下來點炮，爆裂聲一陣接著一陣。自陽臺看去，教堂和它那粗塗灰泥牆面、刷上藍色石灰的十來級臺階和兩座藍金相間的高塔教堂顯得比實際來得小。

突然間，教堂裡響起了管風琴的演奏聲。轉向教堂門廊的群眾移動到了廣場兩邊。男人們摘下帽子，女人們跪了下來。遙遠的管風琴聲久久地彈奏著進行曲式的樂章。接著一陣詭異的昆蟲鞘翅聲從森林傳來。一架機翼透明、機身孱弱，在這超越時間的世界裡顯得荒誕不已的極小型飛機，突然從樹冠上方冒出，再往廣場方向略微下降，然後帶著震天價響的啪嗒啪嗒聲飛越仰望它的一個個頭頂上空。飛機隨後轉向，朝河口離去。

可是在昏暗的教堂裡，一陣原因不明的騷動再度引起了注意。管風琴音停止了，現在改由門廊下看不到的銅管樂器和鼓取代。身著黑色法衣的懺悔者從教堂魚貫而出，在教堂前的平臺上集結成隊，隨後開始走下臺階。跟在他們後面的是手持紅藍旗幟的白衣懺悔者，接著是一小群打扮成天使的男孩，多家瑪利亞之子會那些臉龐小小黑黑一派認真的孩童，最後是一座七彩神龕，由深色西裝底下汗流浹背的名流顯貴抬著，上面是慈祥耶穌聖像本尊，祂手持蘆葦，頭戴荊冠，在教堂門口臺階的人群上方流著血、搖搖晃晃。

神龕抵達臺階下方時停了一陣子，懺悔者們試圖整成一個多少有點秩序的隊伍。就在此時，達哈斯特看見了大廚。他剛從教堂出來，上身赤裸，臉留鬍鬚的頭上直接頂著一張軟木墊，一顆巨大的長方型石頭就擱在上面。他穩穩地走下教堂臺階，石頭不偏不倚就在他短而強壯的雙臂所形成的臂彎正中央。他一到神龕後方，遊行隊伍便動了起來。此時樂手們從教堂門廊後現身，他們穿著鮮豔的外套，大口大口地吹著綁上彩帶的銅管樂器。隨著雙倍步伐的節奏，懺悔者們加快腳步，來到與廣場相接的一條街上。當神龕在懺悔者之後也不見了蹤影，還能看到的只剩下大廚和最後的樂手。在他們後面，群眾在炮聲中開始移動，同時飛機在引擎爆震的噠噠大響中返回最後幾組人的上空。達哈斯特看著大廚消失在那條街上，他突然覺得大廚的肩膀有些疲軟無力。但在這個距離，他看不清楚。

經過街道兩旁未營業的商店和大門緊閉的空蕩街道，此刻法官、警察局長與達哈斯特來到了市政廳。隨著他們離銅管樂隊和鞭炮聲愈來愈遠，城鎮再度被寂靜包圍，三兩禿鷲亦已重返屋頂取回他們似乎盤據了一輩子的位子。市政廳位在一條狹窄但是很長的街上，這條街串起外圍街區和教堂廣場。現在街上一個人影也沒有。從市政廳的陽臺放眼望去，映入眼簾的只有一道因不久前的降雨留下了幾灘水的坑疤路面。太陽此刻已不再那麼高了，卻仍在啃蝕著馬路對面那些沒有門窗的房屋外牆。

他們等了很久，久到長時間乾瞪著對面牆上陽光反射的達哈斯特感覺他的疲憊和暈眩又回來了。空空的街道，無人的房屋，既吸引著他，又令他作嘔。再一次，他想逃離這個國度，他同時想著那顆碩大的石頭，他真希望這個試驗趕緊結束。他正打算提議下樓去看看情況，此時教堂眾鐘齊聲大作。同時在街道最遠的那端、他們的左手邊爆出一陣騷動，湧出一群激動沸騰的人群。遠遠可見人們擠在神龕四周，朝聖者和懺悔者混雜在一起，他們在劈里啪啦的炮聲和歡欣雀躍的叫喊中沿著狹窄街道前進。只不過幾秒鐘的光景，馬路就被塞到連最邊邊都擠滿了人，人們往市政廳前進，場面之混亂難以言喻，各種年齡、各個種族和各式服飾交融為斑斕絢麗的一大群，滿是眼睛和大聲喧嚷的嘴巴，人群之上更叉出宛如長矛的蠟燭大軍，火焰在熾烈豔陽下消散無蹤。然而當他們很接近了，而陽臺下的人山人海似乎一路沿著壁面被擠上來的時候，達哈斯特看到大廚並不在人群裡。

他一個箭步，也沒有致歉，離開了陽臺和宴客廳，衝下樓梯來到街上，進入雷動喧天的鐘響及炮聲下。在他所在之處，他必須對抗歡欣鼓舞的人群、高舉大蠟燭的人、受驚嚇的懺悔者。可是他無法抗拒這股衝動，他使出全身重量往人潮上游擠出一個通道，衝力之猛，等他到了街道盡頭的人群後方，活動終於無礙時，腳步一個不穩差點摔倒在地上。他把背靠在滾燙的牆上，等待呼吸平順下來。接著他繼續往前走。就在此時街上出現了一群男人。前面幾個倒退著走路，達哈斯特看見大廚被他們團團圍著。

大廚明顯累壞了。他停下來，接著被大石頭壓得直不起腰的他踏著碼頭工人和苦力的急碎步伐，用那悲慘人物的小快步，整個腳跟踏在地面，跑了幾步。在他周圍，那些法衣已因蠟淚和塵土而髒兮兮的懺悔者，在他停步時為他加油打氣。在他左邊，他的兄弟或走或跑，不發一語。達哈斯特覺得他們要走到他所在之處所花的時間似乎無限漫長。差不多到了他旁邊的時候，大廚又停了下來，眼神呆滯地看了看四周。他看見了達哈斯特，好像沒認出他似的，他面向他，頓住了。油油髒髒的汗水覆滿了他已成死灰的臉，鬍子上牽滿口水，嘴脣被一層乾掉的咖啡色泡沫黏在一起。他試著咧嘴微笑。然而，他被重重壓得無法動彈，除了肩頭上肌肉明顯如抽筋般糾結成一團，整個身子都在顫抖。他的兄弟認出了達哈斯特，只對他說：「他已經摔過了。」不知從哪兒蹦出來的蘇格拉底也來到他耳邊悄聲地說：「跳舞太多，達哈斯特先生，整個晚上。他累了。」

大廚用他斷斷續續的小快步再次往前行，不像一個有意向前推進的人，反而像在逃避著壓垮他的重擔，彷彿期待只要前進便能減輕重量。達哈斯特不知自己怎麼來到了大廚的右邊。他把變得輕盈的手放在大廚背上，用急迫而沉甸的小碎步走在他旁邊。街道另一頭的最遠處，神龕已經不見了，而此刻應已擠滿了廣場的群眾似也不再前進。有幾秒鐘的時間，被他的兄弟和達哈斯特簇擁著的大廚有了進展。很快地，距離聚集在市政廳前等著看他經過的那群人只剩大約二十公尺了。可是又一次地，他停下了腳步。達哈斯特的手變得更沉了。「加油，大廚，」他說，「再走幾步。」大廚在顫抖，口水又開始從他嘴巴流下來，同時全身上下都在噴汗。他深深吸了一口氣，卻突然打住。他再次跨出步伐，走了三步，搖搖欲墜。忽然石頭從他肩上滾了下來，割傷了他，然後一直往前滾到地上，大廚失去平衡，整個人倒在一旁。走在前面為他打氣的人大叫著往後跳開，其中一個抓起軟木墊，其他人則抬起石頭打算再放回大廚的肩上。

達哈斯特向大廚彎下身，用自己的手清理他沾上鮮血和塵土的肩膀，而小個子的大廚臉貼著地面，喘不過氣。他什麼都聽不見，一動也不動。每一口呼吸他的嘴巴都貪婪地張開，彷彿每一口都是最後一口。達哈斯特雙手從腰部將他抱起，猶如抱起一個孩子般輕而易舉。他抱著他，讓他保持站立。他把整個身軀彎下來，對著大廚的臉說話，彷彿要將自己的氣力吹入對方的身體。過了一會兒，滿身是血與泥土的大廚惶惶不安地推開了他。大廚踉踉蹌蹌地再次走向石頭，其他人則把石頭稍微抬起。可是他停下了腳步。他怔怔地看著石頭，然後搖了搖頭。接著兩隻手臂沿著身體無力地垂下，轉身面向達哈斯特。大顆大顆的淚珠從他崩壞的臉龐無聲地流下。他想說話，他開口說話，然而他的嘴巴卻連一個完整的字都說不清楚。「我發過誓，」他說，又接著說：「啊！船長啊！船長……」聲音被淚水淹沒。他的兄弟出現在他後面，緊緊將他抱住，大廚哭著，癱軟在他兄弟身上，頭向後仰，認輸了。

達哈斯特看著他，不知該怎麼說才好。他轉向遠處再次喧騰的群眾。突然，他把軟木墊從原本拿著它的人手中搶了過來，向石頭走去。他示意其他人抬起石頭，幾乎不費吹灰之力就把石頭背上了身。在石塊的重壓下，他的背微微駝著，雙肩向內拱起，氣有點喘，他看著自己的腳，聽著大廚的哽咽。接下來換他起步，他抬起強壯有力的步伐，一口氣走完與人群之間相隔的距離，來到街道另一頭，並果斷衝開前面幾排群眾，人們見他過來，都向兩邊讓開。他來到廣場上，鐘響炮聲吵鬧喧騰，兩排群眾詫異地注視著他，頓時鴉雀無聲。他繼續前進，步履依然堅定，群眾為他讓出了一條直通教堂的路。縱使他的頭頸開始感到石頭的重壓，但他望見了教堂，以及似乎就在教堂平臺上等著他的神龕。他向教堂走去，已超過了廣場中央，忽然毫無徵兆地，他無來由地往左邊轉去，離開了通往教堂的路，迫使朝聖的人們與他面對面。他聽見後面傳來急迫的腳步聲。他的前方望眼所及都是張大了的嘴巴。他不明白這些嘴巴在對他喊什麼，雖然他似乎聽出了大家不斷對他喊著的那個葡萄牙字。忽然蘇格拉底出現在他面前，眼睛驚愕地轉動，結結巴巴地講著什麼，還對他指著他後面通往教堂的路。「去教堂，去教堂，」蘇格拉底和人群大喊的就是這個。然而達哈斯特堅持到底。蘇格拉底退到一旁，兩隻手臂滑稽地舉向天空，而人群慢慢安靜了下來。當達哈斯特轉進他已跟大廚走過，他知道通往河邊區域的那條街時，廣場只成了後頭一團模模糊糊的喧囂聲了。

此刻，頭上的石頭壓得他疼痛難耐，他需要用盡粗壯雙臂的全部力量來減輕這個重擔。當他來到城鎮最外圍那些很滑的斜坡路時，肩膀已經僵硬了。他停下腳步，拉長耳朵聽。確認過石頭穩穩地在軟木墊上後，他小心翼翼地下行，但步履依然穩健，直到土屋區。他到達的時候，呼吸開始急促，舉著石頭的手臂在發抖。他加快步伐，終於來到大廚的小屋所在的小廣場，他跑向小屋，一腳把門踢開，一鼓作氣把石頭拋在小屋中央猶有餘光的火上。就在這裡，他把身體完全挺直，霍然變得巨大無比，他大口大口拚命呼吸著他所熟悉的貧窮與灰燼的氣味，傾聽著來自心底那陣幽微、澎湃卻無以名之的喜悅如流水襲來。

當住在這間小屋的人們抵達時，他們看見達哈斯特站著，背貼著屋子後牆，雙眼闔上。屋子中央一家生火之處，那顆石頭半埋著，覆蓋在灰燼與塵土中。他們停在門口便不再進去，像在詰問達哈斯特般不發一語地看著他。可是他保持沉默。這時，大廚的兄弟把大廚帶到石頭旁邊，大廚跌坐在地上。這位兄弟自己也坐了下來，並向其他人打了個手勢。老婦人加入了他，然後是那晚的那個年輕女孩，可是沒有一個人看著達哈斯特。他們靜靜地圍著石頭盤坐。只有潺潺河水透過窒悶的空氣傳到他們的耳邊。達哈斯特站在暗處，側耳聽著，什麼都看不見，流水聲使他心底充滿了一股滾滾翻湧的幸福感。閉上眼睛，他欣喜地向自己的力量致敬，再一次，他也迎接那重新開始的人生。這時一記炸裂聲響起，似乎非常靠近。大廚的兄弟從大廚身旁坐開了一些，朝達哈斯特半轉過身，沒有看他，對他指了指空出的位子：「跟我們一起坐吧。」

# 關於卡繆 1913~1960

## 一九一三年

生於北非法屬阿爾及利亞康士坦丁省蒙多維鎮（Mondovi, Constantine）的一個貧困家庭。父親盧西安・卡繆（Lucien Camus）是一介農工；母親凱薩琳・桑特（Catherine Sintès）有口耳缺陷，是一介文盲。

# Albert Camus

## 一九一四年

第一次世界大戰爆發，父親死於馬恩河戰役。隨母親移居阿爾及利亞首都阿爾及爾（Alger）的貧民區與外祖母同住，母親以雜役維生，生活極為艱難。

## 一九一八年

進入培爾克（Belcourt）公立小學。為了逃避困頓的家庭生活，卡繆專注於課業及學校活動，小學老師路易．傑曼（Louis Germain）發現了他的天賦，悉心幫助他通過畢業會考，並爭取到允許他繼續升學的獎助學金。

## 一九二四年

進入阿爾及爾中學，依靠獎學金完成中學學業。受恩師柯尼葉（Jean Grenier）賞識與協助。接觸到柏格森與尼采等哲學家的思想，為後來選擇進入哲學系與加入阿爾及利亞共產黨埋下了種子。

## 一九三〇年

進入阿爾及爾大學（Université d'Alger），以半工半讀的方式攻取哲學學位。這段時期的卡繆對戲劇產生濃厚興趣，也開始從事創作。染上結核病。

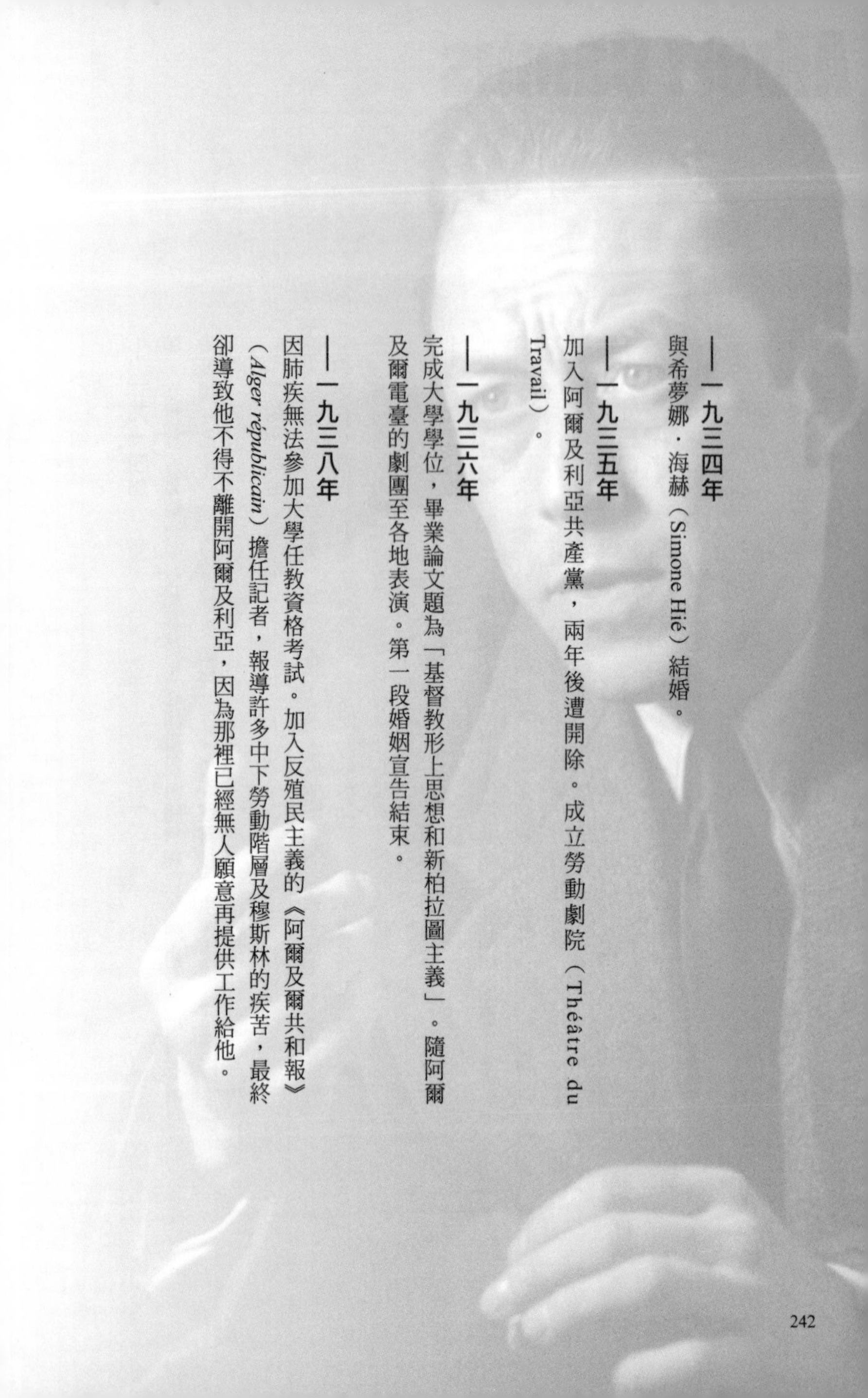

**一九三四年**

與希夢娜・海赫（Simone Hié）結婚。

**一九三五年**

加入阿爾及利亞共產黨，兩年後遭開除。成立勞動劇院（Théâtre du Travail）。

**一九三六年**

完成大學學位，畢業論文題為「基督教形上思想和新柏拉圖主義」。隨阿爾及爾電臺的劇團至各地表演。第一段婚姻宣告結束。

**一九三八年**

因肺疾無法參加大學任教資格考試。加入反殖民主義的《阿爾及爾共和報》（*Alger républicain*）擔任記者，報導許多中下勞動階層及穆斯林的疾苦，最終卻導致他不得不離開阿爾及利亞，因為那裡已經無人願意再提供工作給他。

**一九三九年**

第二次世界大戰爆發，卡繆自願從軍，但因健康問題被法軍拒絕。撰寫許多批評政府政策的文章。

**一九四〇年**

卡繆轉至法國《巴黎晚報》（*Paris-Soir*）擔任編輯祕書，年底因編制縮減遭裁員。與鋼琴家芳莘・弗爾（Francine Faure）再婚，兩人返回阿爾及利亞的奧蘭城（Oran），兩年後重返法國。

**一九四一年**

完成《薛西弗斯的神話》。

**一九四二年**

因發表《異鄉人》而聲名大噪，各種作品相繼問世，享譽巴黎文學圈。以筆代槍，參加地下抗德運動。

**一九四五年**

二戰結束之際，任《戰鬥報》（*Combat*）的總編輯，該報由於其調性與主張，成為新聞界的里程碑。妻子芳萃為卡繆生下雙胞胎，但卡繆風流韻事不斷。

**一九四六年**

前往美國進行演說參訪。

**一九四七年**

出版小說《瘟疫》，獲得佳評如潮，該部小說以瘟疫象徵惡，也顯示出人在面對降臨於自身的命運時，並非全然無能為力。進入創作高峰期，但身體健康每況愈下。

**一九四九年**

六月至八月期間，赴南美洲進行巡迴演說。同年八月，為西班牙的難民公開發表一份請願書。

**一九五一年**

出版《反抗者》。「我想要不斷以寬容的態度來講述真理。」卡繆這麼寫道。這本論述為他招來許多敵視，尤其造成他與超現實主義者以及沙特（Jean-Paul Sartre）之間的決裂。

**一九五四年**

阿爾及利亞爭取獨立派的勢力與法國開戰，卡繆呼籲參戰雙方停火以保護平民安全，失敗收場。再度加入新聞工作，以筆論戰。

**一九五七年**

十月十七日獲頒諾貝爾文學獎，成為法國當時第九位也是最年輕的獲獎者，獲獎原因是「感謝他帶給人類良知的功績」。這項殊榮不僅表彰他在著述上的傑出成就，無疑也是因為他從未停止對抗一切意欲摧毀人的事物。

**一九六〇年**

一月四日於法國小鎮維勒布勒萬（Villeblevin）因車禍意外喪生，舉世震驚。

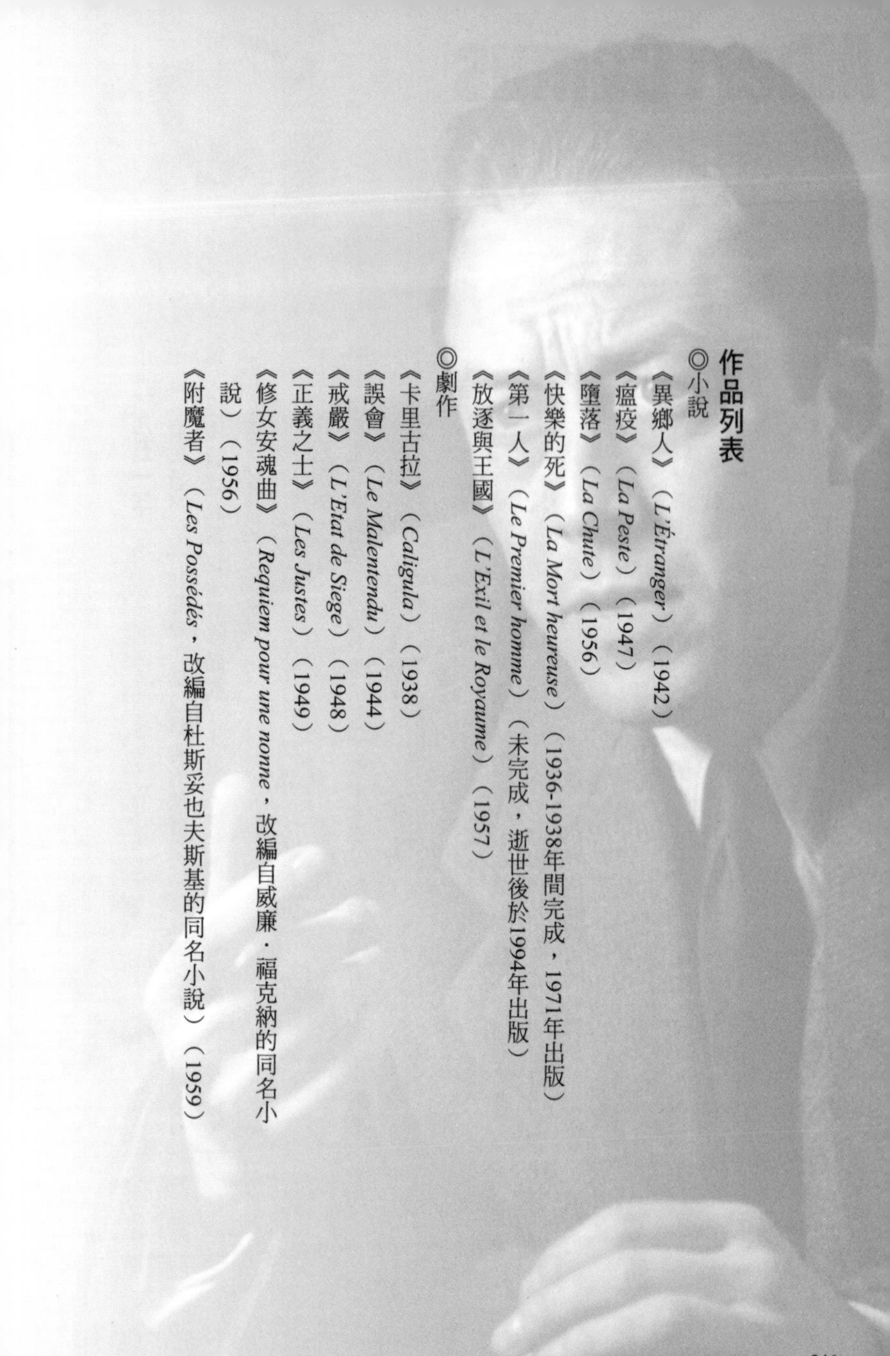

## 作品列表

◎小說

《異鄉人》（*L'Étranger*）（1942）

《瘟疫》（*La Peste*）（1947）

《墮落》（*La Chute*）（1956）

《快樂的死》（*La Mort heureuse*）（1936-1938年間完成，1971年出版）

《第一人》（*Le Premier homme*）（未完成，逝世後於1994年出版）

《放逐與王國》（*L'Exil et le Royaume*）（1957）

◎劇作

《卡里古拉》（*Caligula*）（1938）

《誤會》（*Le Malentendu*）（1944）

《戒嚴》（*L'Etat de Siege*）（1948）

《正義之士》（*Les Justes*）（1949）

《修女安魂曲》（*Requiem pour une nonne*，改編自威廉．福克納的同名小說）（1956）

《附魔者》（*Les Possédés*，改編自杜斯妥也夫斯基的同名小說）（1959）

# Albert Camus

◎文集、札記

《非此非彼》（*L'Envers et l'endroit*）（1937）

《婚禮》（*Noces*）（1938）

《薛西弗斯的神話》（*Le Mythe de Sisyphe*）（1942）

《反抗者》（*L'Homme revolte*）（1951）

《夏日》（*L'Ete*）（1954）

《阿爾及利亞評論集》（*Chroniques algériennes*）（1958）

《札記》（*Carnets*）1935/2-1942/2 (1962)、1943-1951 (1965)、1951-1959 (2008)

心得筆記

心得筆記

國家圖書館出版品預行編目資料

放逐與王國：卡繆短篇小說
卡繆Albert Camus 著　徐佳華 譯
初版. -- 臺北市：商周出版：家庭傳媒城邦分公司發行
2021.04　面；　公分
譯自：*L'Exil et le royaume*
ISBN 978-986-5482-02-2（精裝）

876.57　110002284

# 放逐與王國：卡繆短篇小說

原文書名／*L'Exil et le royaume*
作　　者／卡繆Albert Camus
譯　　者／徐佳華
責任編輯／陳玳妮
版　　權／黃淑敏、劉鎔慈

行銷業務／周丹蘋、黃崇華
總 編 輯／楊如玉
總 經 理／彭之琬
事業群總經理／黃淑貞
發 行 人／何飛鵬
法律顧問／元禾法律事務所 王子文律師
出　　版／商周出版　城邦文化事業股份有限公司
台北市南港區昆陽街16號4樓
電話：(02) 25007008　傳真：(02)25007759
E-mail：bwp.service@cite.com.tw
Blog：http://bwp25007008.pixnet.net/blog
發　　行／英屬蓋曼群島商家庭傳媒股份有限公司城邦分公司
台北市南港區昆陽街16號5樓
書虫客服服務專線：(02)25007718；(02)25007719
服務時間：週一至週五上午09:30-12:00；下午13:30-17:00
24小時傳真專線：(02)25001990；(02)25001991
劃撥帳號：19863813；戶名：書虫股份有限公司
讀者服務信箱：service@readingclub.com.tw
歡迎光臨城邦讀書花園　網址：www.cite.com.tw
香港發行所／城邦(香港)出版集團有限公司
香港灣仔駱克道193號東超商業中心1樓
E-mail：hkcite@biznetvigator.com
電話：(852) 25086231　傳真：(852) 25789337
馬新發行所／城邦(馬新)出版集團【Cite (M) Sdn. Bhd.】
41, Jalan Radin Anum, Bandar Baru Sri Petaling,
57000 Kuala Lumpur, Malaysia.
Tel: (603) 90578822　Fax: (603) 90576622
Email: cite@cite.com.my

封面設計／萬勝安
封面照片／Kurt Hutton / Picture Post 經由 Getty Images
排　　版／極翔企業有限公司
印　　刷／卡樂彩色製版印刷有限公司
經 銷 商／聯合發行股份有限公司
電話：(02)2917-8022　傳真：(02)2911-0053
地址：新北市231新店區寶橋路235巷6弄6號2樓

■2021年4月6日初版
■2024年4月26日初版2.7刷
定價380元

Printed in Taiwan



城邦讀書花園
www.cite.com.tw

ISBN 978-986-5482-02-2

| | | | |
|---|---|---|---|
| 廣 | 告 | 回 | 函 |
| 北區郵政管理登記證 | | | |
| 北臺字第000791號 | | | |
| 郵資已付，免貼郵票 | | | |

104　台北市民生東路二段141號2樓

英屬蓋曼群島商家庭傳媒股份有限公司城邦分公司　收

請沿虛線對摺，謝謝！

書號：BP6034C　　書名：放逐與王國　　編碼：

請於此處用膠水黏貼

商周出版

# 讀者回函卡

感謝您購買我們出版的書籍！請費心填寫此回函卡，我們將不定期寄上城邦集團最新的出版訊息。

不定期好禮相贈！
立即加入：商周出版 Facebook 粉絲團

姓名：＿＿＿＿＿＿＿＿＿＿＿＿＿＿＿＿ 性別：☐男 ☐女

生日：西元＿＿＿＿＿＿年＿＿＿＿＿＿月＿＿＿＿＿＿日

地址：＿＿＿＿＿＿＿＿＿＿＿＿＿＿＿＿＿＿＿＿

聯絡電話：＿＿＿＿＿＿＿＿＿＿ 傳真：＿＿＿＿＿＿＿＿＿＿

E-mail ：

學歷：☐ 1. 小學 ☐ 2. 國中 ☐ 3. 高中 ☐ 4. 大學 ☐ 5. 研究所以上

職業：☐ 1. 學生 ☐ 2. 軍公教 ☐ 3. 服務 ☐ 4. 金融 ☐ 5. 製造 ☐ 6. 資訊
☐ 7. 傳播 ☐ 8. 自由業 ☐ 9. 農漁牧 ☐ 10. 家管 ☐ 11. 退休
☐ 12. 其他＿＿＿＿＿＿＿＿＿＿＿＿＿＿＿＿

您從何種方式得知本書消息？

☐ 1. 書店 ☐ 2. 網路 ☐ 3. 報紙 ☐ 4. 雜誌 ☐ 5. 廣播 ☐ 6. 電視
☐ 7. 親友推薦 ☐ 8. 其他＿＿＿＿＿＿＿＿＿＿＿＿＿＿

您通常以何種方式購書？

☐ 1. 書店 ☐ 2. 網路 ☐ 3. 傳真訂購 ☐ 4. 郵局劃撥 ☐ 5. 其他＿＿＿

您喜歡閱讀那些類別的書籍？

☐ 1. 財經商業 ☐ 2. 自然科學 ☐ 3. 歷史 ☐ 4. 法律 ☐ 5. 文學
☐ 6. 休閒旅遊 ☐ 7. 小說 ☐ 8. 人物傳記 ☐ 9. 生活、勵志 ☐ 10. 其他

對我們的建議：＿＿＿＿＿＿＿＿＿＿＿＿＿＿＿＿＿＿＿＿

＿＿＿＿＿＿＿＿＿＿＿＿＿＿＿＿＿＿＿＿

＿＿＿＿＿＿＿＿＿＿＿＿＿＿＿＿＿＿＿＿



請於此處用膠水黏貼